PIETRO MANFRIN

QUI DOIT ÊTRE

MINISTRE

DE

LA MARINE?

TRADUIT DE L'ITALIEN ET ANNOTÉ

PAR

L. CAFFARENA

Avocat au Barreau de Toulon.

Membre de plusieurs Sociétés savantes.

PARIS

E. DENTU, ÉDITEUR

LIBRAIRE DE LA SOCIÉTÉ DES GENS DE LETTRES

PALAIS-ROYAL, 15-17-19, GALERIE D'ORLÉANS.

QUI DOIT ÊTRE

MINISTRE DE LA MARINE?

OUVRAGES DE M. PIETRO MANFRIN
Sénateur

Le Système municipal anglais et la Loi communale italienne
(deuxième édition), deux volumes . . . . 5 f. »
Organisation de la Société commerciale en Italie suivant le
Code de commerce. 4   »
L'Avenir de Venise. 3   »
La Commune et l'Individu (deuxième édition). 4   »

OUVRAGES DE M. LOUIS CAFFARENA
Avocat au Barreau de Toulon

Membre de la Société académique du Var,
Membre de la Société des Sciences, Arts et Belles-Lettres de Saint-Etienne,
de la Société académique de Nantes,
de l'Académie des Sciences, Belles-Lettres et Arts de Bordeaux,
de la Société d'Ethnographie de France,
Membre de la Société des Etudes coloniales et maritimes,
et de plusieurs autres Sociétés savantes françaises et étrangères.

De l'Absence du Chirurgien sur les navires marchands.— Moyen
d'y suppléer (1874). . . . . 2 f. 25
Etude critique sur les Abordages. — Nécessité d'éclairer les
navires par l'arrière. — 1876 . . . . 3 50
Histoire de la Marine depuis les temps les plus reculés jusqu'à
Richelieu. — 1877. 3   »
Civils et Marins. — Nécessité de séparer la marine mar-
chande de la marine militaire (deuxième édition) — 1878. 4   »
L'Infanterie de marine formée en 20e corps du littoral ou
Infanterie coloniale. — 1880. 1   »
La Marine marchande française et les Marines marchandes
étrangères. — Droits locaux dans divers pays. — 1880. . . . 3   »

DEVANT PARAITRE TRÈS-PROCHAINEMENT :

Des Épaves maritimes. — Du Navire abandonné en
pleine mer. — Du Droit des Sauveteurs, suivi de la
Législation des principaux pays maritimes.

EN PRÉPARATION :
DICTIONNAIRE DE DROIT MARITIME
EN DEUX VOLUMES
Avec l'explication de plus de trois mille termes de marine.
(Le premier volume est terminé.)

4460 Toulon. Imp. Massone, boul. de Strasbourg, 56.

PIETRO MANFRIN

—

QUI DOIT ÊTRE
MINISTRE

DE
LA MARINE?

TRADUIT DE L'ITALIEN ET ANNOTÉ

PAR

L. CAFFARENA

Avocat au Barreau de Toulon,

Membre de plusieurs Sociétés savantes.

PARIS

E. DENTU, ÉDITEUR

LIBRAIRE DE LA SOCIÉTÉ DES GENS DE LETTRES

PALAIS-ROYAL, 15-17-19, GALERIE D'ORLÉANS.

—

1880

PRÉFACE DU TRADUCTEUR

———

Lorsqu'en avril 1878 je fis paraître le volume *Civils et Marins*, je fus vivement attaqué et critiqué dans un certain monde maritime. Ce fut un *tolle* véritable. Qu'avais-je fait et qu'avais-je dit? Oser écrire et soutenir que la marine, en France, avait été créée par des civils; que la plupart des ministres civils avaient été plus remarquables et plus habiles, comme administrateurs, que les ministres marins, et qu'enfin si l'on voulait, de nos jours, relever notre marine marchande, et introduire des réformes sérieuses dans la marine militaire, il fallait mettre un civil à la tête du département de la marine! Non, la chose était impardonnable.

Il est vrai que si je fus combattu par l'élément militaire, l'élément commercial maritime approuva complétement le système que je soutenais.

Ces critiques étaient-elles fondées et méritées ?

Dans cette étude, je n'avais eu ni parti pris, ni la moindre intention de blesser qui que ce fût. J'avais écrit consciencieusement ce travail et j'avais invoqué à mon aide un témoin impartial et inexorable, l'histoire. Je n'avais fait que relater et comparer des faits historiques. Pas de grands mots, ni de phrases sonores, disais-je ; des faits, rien que des faits. Guidé ensuite par le simple bon sens et par l'étude des faits journaliers qui se passaient autour de nous, j'en avais tiré certaines déductions dont l'ensemble formait ma théorie.

Or, ce que je développais et soutenais, il y a deux ans, avec la plus profonde conviction, ce que je prévoyais comme devant sûrement arriver avec le système militaire actuellement en vigueur en France, se trouve maintenant démontré d'une façon victorieuse. Je pourrais même dire que le résultat a de beaucoup dépassé mes espérances.

Le livre que je présente aujourd'hui au public est la traduction d'une excellente étude due à M. Pietro Manfrin, sénateur italien, orateur distingué et auteur de plusieurs ouvrages très appréciés en Italie.

A mon exemple, M. Manfrin a soutenu, dans son livre intitulé : *Qui doit être ministre de la marine ?*, qu'il faut mettre un civil à la tête du département de la marine. A l'appui de sa thèse, il a apporté des arguments sérieux et excellents, basés sur l'histoire de divers pays et notamment sur des opinions de plusieurs amiraux anglais, plus experts que nous, en matière de marine et de commerce maritime.

Le fait capital et dominant qui ressort de cette étude est celui-ci :

Si la France compte parmi ses meilleurs, ses plus habiles et ses plus remarquables ministres de la marine de nombreux civils, l'Italie doit également donner la palme à deux ministres civils, le comte de Cavour et M. Depretis, **actuellement ministre de l'intérieur.**

L'un fut un homme de génie, aux idées grandioses et aux puissantes conceptions.

L'autre est un homme d'un grand talent, consommé dans les affaires, une haute personnalité, aussi habile orateur que patriote ardent, ayant su s'imposer à tous les partis non-seulement par sa parole éclatante, mais aussi par ses actes; un vrai caractère, dans toute l'acception du mot.

Le premier, consacra toute sa vie à créer l'unité italienne et à donner pour ainsi dire un corps à sa patrie.

Le second, partisan de toutes les théories généreuses et libérales, est arrivé, après bien des efforts, à être le chef et l'âme du parti libéral. Plusieurs fois ministre, Président du Conseil des ministres, et devenu plus tard le *leader* de la gauche, qui de nous ne se rappelle la grande lutte parlementaire qu'il entreprit en 1876 contre la droite italienne, lutte qui fut terminée par le triomphe complet du parti libéral ?

Eux aussi furent des administrateurs actifs, énergiques, habiles et distingués. Eux aussi, prouvèrent qu'il n'est pas nécessaire d'être marin pour diriger le ministère de la marine. La chose doit-elle nous étonner ?

L'expérience nous démontre, au contraire, que plus on est excellent militaire ou marin consommé, moins on est apte à être un administrateur même passable.

Il n'est donné qu'aux hommes vraiment supérieurs, aux hommes de génie d'être en même temps habile administrateur et grand homme de guerre. Et encore, tôt ou tard, l'un étouffe forcément l'autre. Napoléon Ier n'en est-il pas un exemple frappant? Il fut un administrateur hors ligne et un grand génie militaire. Mais vers la fin de sa carrière, le militaire prit le dessus et écrasa l'administrateur.

Regardons autour de nous et voyons ce qui se passe. L'Angleterre n'est-elle pas là pour nous servir d'exemple et de modèle à imiter ? Sait-on bien, parmi les ministres qu'a eus l'Angleterre dans ce siècle, combien il y a eu de ministres civils et de ministres marins? Trois amiraux ministres et vingt-sept ministres civils! Ne sont-ce pas là des chiffres éloquents ? Pourquoi donc les Anglais, gens pratiques par excellence et sérieux en toutes choses, choisissent-ils dans l'élément civil les ministres de la guerre et ceux de la marine ? C'est parce qu'ils ont constaté depuis longtemps tous les inconvénients et toutes les conséquences inévitables qui résultaient du choix des ministres dans l'élément militaire. Aussi, malgré les efforts tentés à différentes reprises par plusieurs officiers intéressés et par plusieurs députés, confient-ils, depuis fort longtemps, la direction du département de la marine à l'élément civil.

Les Hollandais, rivaux des Anglais au point de vue colonisateur, agissent de la même façon. Leurs ministres de la marine et leurs ministres des colonies sont la plupart du temps des fonctionnaires civils. Pourquoi donc n'en serait-il pas de même en France et en Italie ? Le passé de ces deux pays n'est-il pas là pour garantir l'avenir ? Tous les noms illustres et célèbres que glorifient les histoires de France et d'Italie ne sont-ils pas des preuves plus que suffisantes ? N'est-ce pas là un fait constant, un fait acquis qui défie toute discussion ? Il est temps de détruire toutes ces erreurs vulgaires qui existent sur la marine, erreurs habilement entretenues par quelques intéressés dont l'unique et seule ambition est de satisfaire leurs intérêts et leurs passions et de ne jamais songer aux intérêts de la patrie! Il est temps d'éclairer les masses et de leur apprendre qu'il n'y a rien d'impossible pour les intelligences supérieures, les hommes de talent et les âmes d'élite. En France, plus que partout ailleurs les ministères de la guerre et de la marine forment, chacun, un Etat dans l'Etat. Il ne faut plus que cela soit désormais.

Mais les civils manquent de technicité, dit-on constamment? Etrangers à la marine, comment peuvent-ils la diriger avec connaissance de cause?

Erreur!

D'abord, on confond sans cesse ces deux grandes choses, bien distinctes pourtant, la pratique ou *l'action* et *l'administration*.

Or, qui dit diriger un ministère, dit administrer et non *exécuter pratiquement*. Là, n'est nullement la place de l'homme de guerre, de l'homme de combat. Il y est tout aussi déplacé que le serait un civil à la tête d'un corps d'armée ou d'une escadre cuirassée.

Peut-on, du jour au lendemain, devenir

médecin, ingénieur ou avocat, sans avoir fait des études spéciales? Non. De même ici. Pour *administrer*, il faut, avant tout, *savoir*, et pour savoir il faut avoir appris.

« A chacun son métier et les affaires iront bien, » répète-t-on sans cesse.

C'est précisément la mise en pratique de ce vieil adage que nous demandons depuis longtemps.

Pour le marin, sa véritable place est à la mer. Son rôle et ses attributions consistent à être sur un banc de quart et à conduire un bâtiment. A lui le *commandement*, tout comme à l'ingénieur la construction des navires, à l'officier d'artillerie le soin des bouches à feu, au commissaire de marine ou intendant la surveillance du bon emploi des deniers de l'Etat. Mais au civil, la direction suprême. Au civil, c'est-à-dire à l'homme d'Etat, à l'homme politique, le soin *d'administrer* toutes ces spécialités dont l'ensemble constitue la marine.

Lui seul, par sa situation indépendante, n'obéissant pas à la routine et nullement lié par l'esprit de corps et de camaraderie, peut

marcher droit au but et accomplir des réfór-
mes utiles.

Lui seul, en dehors de toutes coteries, et de
ces rivalités mesquines qui se produisent de
nos jours, peut s'occuper indistinctement de
toutes ces spécialités, indispensables les unes
aux autres, et ne favorisera pas l'une au détri-
ment des autres.

Là, est le seul moyen de relever notre belle
marine militaire qui, depuis longues années,
est bien déchue de son ancienne splendeur,
minée de jour en jour par une funeste et ca-
duque administration.

Là, est le seul espoir de notre marine
marchande — la grande sacrifiée et la dé-
vouée par excellence, — elle qui constitue
pourtant l'une des principales sources de la
richesse nationale et l'une des forces les plus
imposantes du pays.

Oui, il ne faut pas craindre de le répéter.
En France, on ne s'occupe pas assez de la
marine marchande et l'on semble ne faire nul
cas de ses services. « Un capitaine au long
cours, des navires de commerce, qu'est-ce que
c'est que ça? *de vieux sabots,* fi donc. »

Voyez ce qu'il a fallu de temps pour obtenir la loi qu'on vient enfin de voter *in extremis* pour elle.

Tous nos officiers de marine en général, et nos amiraux en particulier, quand ils sont au pouvoir, oublient trop facilement une chose, c'est que la marine militaire fut, jadis, créée par Colbert et Seignelay dans l'unique but de *protéger* et de *défendre* au loin notre marine marchande.

Ils oublient trop facilement aussi les grandes et belles paroles du ministre Sully qui travailla sans cesse pour la gloire et la prospérité du pays.

Ils oublient trop facilement, enfin, qu'avec des balles de coton, avec des sacs de sucre et de café, un pays peut avoir des vaisseaux et des canons, des boulets et des balles de plomb, tandis que la réciproque n'est pas vraie. Comparez d'un côté l'Angleterre, la Hollande et les États-Unis d'Amérique, et de l'autre côté, la France, l'Autriche et la Russie? Les grandes républiques de Gênes et de Venise à quoi durent-elles, pendant des siècles et des siècles, leur splendeur et leur toute-puissance?

N'est-ce pas à leur commerce et à leur marine marchande? Et, si nous remontons encore à une époque plus éloignée, ne voyons-nous pas toujours le même fait se reproduire? Les Phéniciens, les Grecs, les Romains, les Carthaginois n'eurent-ils pas aussi une **grande marine marchande**? Et après eux, Chypre, Rhodes, la Crète, la Sicile, ne marchèrent-elles pas sur leurs traces?

On aura beau dire et beau faire, la base essentielle de toute marine militaire **sera** toujours le navire marchand, le courageux pêcheur et le matelot du commerce habitués sans cesse à braver les dangers. C'est là, que se trouve la force vraie, le véritable noyau et **la** pépinière féconde d'une marine de guerre.

En second lieu, on oublie sans cesse que les grandes capacités des civils, dignes de ces fonctions élevées, leur talent d'intuition et d'assimilation, leur puissance d'observation, leur intelligence, leurs études spéciales, variées et solides, leur permettent en peu de temps de s'initier à la connaissance complète d'une profession ou d'une branche quelconque de l'administration, avec l'avantage immense sur ceux qui en font leur métier, qu'ils ne connaîtront que les bons et grands côtés de la chose, sans être retenus par les petits côtés ou enchaînés par l'exécrable routine. Ajoutez à cela, que l'un est ami du progrès et partisan des réformes. L'autre, au contraire, est l'ennemi systématique de toute idée neuve et de toute amélioration.

En effet, comment pourrait-il détruire et réformer une chose qu'il connaît, qu'il pratique depuis si longtemps, à laquelle il est habitué et qu'il croit bonne, excellente et parfaite en tous points !

Mais ce qu'on lui demande de détruire et de mettre de côté, c'est précisément sa manière de voir, de penser et d'agir !

Il lui faudrait donc se remettre à l'étude, se plier et se conformer à un nouvel état de choses, et cela à la fin de sa carrière, à la veille de prendre sa retraite ! Non, cela n'est pas possible !

Telle est l'énorme différence qui existe entre l'homme technique ou l'homme d'action, et l'homme politique ou l'administrateur.

Toutes ces nuances et bien d'autres encore

sont parfaitement indiquées dans l'intéressant ouvrage de l'écrivain italien. Aussi convaincra-t-il de nombreux partisans. C'est un de ces petits livres qui s'imposent par les idées justes et les grandes vérités qu'ils renferment.

La théorie développée par M. Manfrin est la nôtre. Nous sommes en communion parfaite d'idées. Puissent donc nos efforts réunis contribuer au succès de l'œuvre et faire triompher ce système dans les deux pays voisins!

Vérité en deçà, erreur en delà, a dit jadis un célèbre philosophe. Il n'en sera plus ainsi aujourd'hui.

Vérité en deçà, vérité en delà, voilà ce que l'on dira désormais.

Y a-t-il une puissance humaine qui puisse arrêter le cours de la pensée et l'empêcher de franchir les mers, les monts et les vallées?

Patience et espoir, *fac et spera*, telle doit être notre devise.

Louis Caffarena.

Toulon, le 21 mai 1880.

———

La plus grande partie de ce travail a déjà paru dans la revue la Nuova Antologia. L'accueil qu'il a reçu a engagé l'auteur à en faire un volume plus complet.

Il s'agit d'un sujet très-important dont dépend l'avenir de la marine en Italie. C'est pourquoi, il mérite d'être connu et médité par les Italiens.

De plus, c'est une œuvre écrite consciencieusement et c'est là le principal motif qui nous a décidé à la présenter au public, étant persuadés que les lecteurs diront avec nous que publier un bon livre c'est faire une bonne œuvre.

LES EDITEURS.

I

PLUSIEURS ANNÉES EN ARRIÈRE.

—

Il y a bien des années, à Venise, sur le quai des Esclavons, il y avait un ancien café qui ne brillait ni par le luxe ni par la grandeur du local. On l'appelait le *Café de Londres.*

C'est là que se réunissaient les capitaines marins, dont les navires étaient amarrés dans le port. Ils passaient gaiement leur temps à fumer de longues pipes à la turque que leur fournissait l'établissement et à boire un excellent café.

Un jour — c'était le 15 mai 1822 — l'un d'eux remarqua l'absence du capitaine Mazzucato, une fine fleur d'honnête homme, vieux loup de mer des plus remarquables et des plus accomplis.

— Où est-il allé ? demanda-t-on.

On répondit qu'il s'était embarqué sur un navire appartenant à un seigneur de Venise qui l'avait chargé de faire voyager et de garder son neveu, garçon de dix-sept ans, un peu écervelé, qui avait manifesté le désir de voyager sur mer.

— Mais de quel côté s'est-il dirigé ? demandèrent ces marins. — Quel était son chargement ?

L'un d'eux, qui avait l'air d'en savoir long, leur cligna de l'œil. Aussitôt tous se turent et parlèrent d'autres choses.

En ce temps-là, on ne pouvait guère parler de certains sujets, surtout dans un lieu public.

Pendant que les collègues étaient au *Café de Londres*, étonnés de son départ subit, le capitaine Mazzucato, sur un superbe trois-mâts, et par une bonne brise, faisait voile pour Chio.

Comme on le sait, on était alors au plus fort de la guerre de l'Indépendance de la Grèce et les sympathies de l'Europe libérale faisaient parvenir dans ce pays des hommes, des armes et de l'argent le plus posible.

Le chargement du capitaine Mazzucato se ressentait un peu de ces sympathies générales, et si l'on avait visité le navire avec quelque sévérité, on aurait, peut-être, trouvé plus de marchandises de guerre que de marchandises de commerce. On disait aussi qu'à fond de cale, sous une couche de lest, il n'aurait pas été difficile de découvrir deux canons.

Où avait-il pu les prendre ? Mais.... Les uns disaient qu'ils avaient été enterrés et oubliés par les Français à leur départ de Venise.... D'autres soutenaient qu'ils étaient beaucoup plus anciens, contredisant ainsi des troisièmes qui juraient qu'ils étaient flambants neufs. On n'a jamais su la vérité sur ce sujet.

Sur le pont, près du capitaine, se trouvait un jeune homme. C'était précisément le neveu de cet oncle qui avait acheté le navire pour l'y embarquer, afin de voir si un peu de mouvement lui réussirait mieux que les thèmes latins pour lesquels il montrait une antipathie profonde.

Quand le navire fut en vue de l'ile de Chio, on aperçut dans ses eaux une quantité de frégates et de vaisseaux de guerre qui battaient pavillon turc.

La rencontre n'était pas des plus heureuses pour le chargement du capitaine Mazzucato. Aussi, sans persister dans sa route, il changea de direction et fit voile pour Psara, où il arriva à bon port.

Dans cette ile, se trouvait réunie la flotte grecque commandée par Miaoulis. Une grande consternation y régnait, occasionnée par les grandes craintes que l'on avait sur le sort de Chio. En effet, quelque temps après, arriva la nouvelle des horribles massacres que les Turcs y avaient commis, de sorte que l'indignation contre tant de barbarie était à son paroxysme.

Ces jours-là, on aurait pu voir très souvent deux personnes cheminer le long du rivage, en conversation très animée, et il n'eut pas été difficile de deviner quel était le sujet de leur entretien, car tous deux, parfois, tendaient le poing, en menaçant, dans la direction de la flotte turque.

L'un d'eux était un homme maigre, au teint olivâtre, la lèvre ombragée par une paire de moustaches formidables, une physionomie résolue et fière comme on en voit peu. Son nom était Constantin Canaris qui, à ce moment, n'était pas aussi connu comme il le fut depuis.

Le second, un tout jeune homme, au poil follet, n'était autre que celui que le capitaine Mazzucato devait garder comme la prunelle de ses yeux.

Un soir, — c'était le 16 juin — le capitaine du navire vénitien — qui alors était appelé autrichien — ne vit plus son élève retourner à bord. Il l'attend, demande aux navires voisins, descend à terre, interroge ceux qu'il rencontre, fait des démarches auprès des autorités du pays ; mais personne ne peut le renseigner.

Le pauvre homme craignait qu'un malheur ne fût arrivé. Il était plus mort que vif et peu s'en fallut qu'il ne se livrât au désespoir.

Un jour et deux nuits se passèrent ainsi. Enfin, dans la matinée du 18, tandis qu'il était sur le port et qu'il recommençait en vain les recherches de la veille, il entend un coup de canon, puis un second, un troisième et puis une salve entière. A ce signal, les cloches prirent part à la fête en sonnant à toutes volées.

— Qu'est-ce que c'est que cela ? demanda le capitaine.

— Comment ! Vous ne savez pas ! lui répondit-on, c'est Canaris qui est de retour !

En effet, quelques minutes après, un tout petit navire accostait et le héros qui avait incendié le navire-amiral du capitan-Pacha mit pied à terre.

Miaoulis, les primats (1), hommes, femmes, enfants, tous couraient embrasser Canaris et ses compagnons qui étaient une trentaine environ (2).

---

(1) Les principaux habitants de la ville.

(2) Quelle belle et glorieuse époque, pour la Grèce, que celle de 1821 à 1828, lors de la guerre de son Indépendance !

Quel courage ! Quel dévouement admirable et quel patriotisme de la part des habitants ! Quoi de plus sublime et de plus dramatique que la défense de Missolonghi ! Peut-on citer dans toute l'histoire du monde entier, un siége plus mémorable que celui de cette ville où s'illustrèrent à tout jamais Stournaras, Macris, Tsongas, Liocatas et Constantin Botzaris !

Que de héros et de chefs valeureux surgirent tout-à-coup sur terre et sur mer pour défendre la patrie, et surent par

Quel ne fut pas l'étonnement du capitaine Mazzucato en voyant, à la suite de Canaris, le jeune homme qu'il cherchait en désespéré depuis près de deux jours !

Courir au-devant de lui, le saisir par **un** bras et l'entraîner avec lui, fut tout un.

— Laissez-le moi, capitaine Mazzucato, lui

leurs brillants faits d'armes se montrer dignes de leurs nobles ancêtres !

Parmi les plus fameux, rappelons le brave Kolokotronis, les intrépides Mavromichalis, Odysseus, Nikitas, Karaïskakis, Ypsilantis, à la voix duquel accouraient tous les Grecs, Hyscos, Mavrocordato et l'immortel Marcos Botzaris, le Léonidas des temps modernes, qui, dans maintes rencontres, battirent l'ennemi. Avec une poignée de guerriers, quels prodiges n'accomplirent-ils pas ?

Sur mer, les illustres Tombazis, Tzamados, Miaoulis, Canaris et Saktouris — les Cassard, les Jean-Bart et les Surcouf de la Grèce — incendièrent, à l'aide de brûlots, les flottes ennemies et acquirent par leur bravoure et leur audace inouïe une gloire impérissable.

Citons également la célèbre Bouboulina qui, sur son navire, livra elle-même plusieurs combats sur mer, Botasis, les généreux frères Condouriotis qui soutinrent vaillamment la lutte et poussèrent les hardis Hydriotes à voler au secours de leurs compagnons d'armes, enfin le colonel Fabvier, volontaire français au service des Grecs, qui défendit Athènes avec la plus grande bravoure.

Salut à leurs noms ! Honneurs et gloire leur soient rendus !
(L. CAFFARENA).

dit Canaris; c'est un brave petit jeune homme comme il y en a peu. Laissez-le moi, je lui apprendrai à faire trembler les Turcs.

C'était comme si l'on avait parlé à une muraille. Le capitaine Mazzucato se serait fait couper en morceaux plutôt que de lâcher sa proie. Il le fit mettre immédiatement sous bonne garde, et ce fut seulement lorsqu'il fut sûr qu'il ne pouvait plus lui échapper, qu'il reprit haleine et se fit raconter ce qui était arrivé.

Toutes les histoires de cette mémorable guerre rappellent cette anecdote. Il n'est donc pas nécessaire de la redire quoique l'auteur connaisse bien plus de détails que les histoires n'en racontent. Il les a bien souvent entendus raconter dans une famille à laquelle appartenait le jeune homme en question (1).

(1) Peut-être les lecteurs l'auront-ils deviné ? Le jeune homme en question n'est autre que le père de l'auteur, M. Manfrin.

II

LES MAXIMES D'UN MARIN.

—

Constantin Canaris était un homme rude, très-modeste, mais — pas nécessaire de le prouver — fort capable dans son métier.

Il avait deux maximes sur la marine que l'auteur a apprises de seconde main ; mais comme il les a entendues maintes et maintes fois, il les considère, à tort ou à raison, comme deux maximes convaincantes, indiscutables.

La première est que les *bons marins valent mieux que les bons navires*. Cette maxime est claire, évidente et l'expérience le démontre.

Faut-il des exemples ?

A la rigueur il n'en faudrait pas. Cependant

on peut, en passant, citer quelques faits saillants.

Deux cent soixante ans avant notre ère, le consul Duilius, avec une flotte composée de navires mal construits, vainquit les Carthaginois à Lipari. Voici, d'après Polybe, ce que dirent les messagers d'Annibal vaincu au Sénat de Carthage : « Ces ennemis orgueilleux ont osé se montrer dans nos mers avec un grand nombre de galères mal construites et si lourdes qu'on aurait pu les prendre pour des navires de charge. C'est leur premier exploit ; ils ne sont pas encore habitués aux batailles navales et cependant ils osent nous défier ! » Non-seulement, ils les défièrent, mais ils les vainquirent. Les braves marins des côtes italiennes et les excellents pilotes de la marine marchande avaient conduit les soldats romains à faire ce prodige de vaincre les descendants et les héritiers de Tyr et de Sidon, les Anglais de ce temps-là.

Autre exemple.

Venise commençait à peine la splendide épopée qui dura plus de mille ans. Ses citoyens n'avaient pas encore de navires de guerre ;

mais ils étaient déjà de braves et hardis marins. Pépin, roi des Francs, voulut les attaquer avec une flotte bien construite et encore mieux montée. Les assaillants étaient nombreux ; mais bien peu purent revenir chez eux raconter la défaite qu'ils avaient subie.

Autre exemple.

Les Provinces Hollandaises venaient de s'insurger contre l'Espagne. Le duc d'Albe envoya contre elles une escadre formidable composée de trente et un navires des meilleurs de l'époque. Les Provinces Hollandaises purent à peine leur opposer trois bâtiments qui méritassent le nom de navires de guerre. Le reste était des barques armées tant bien que mal, mais montées par d'excellents marins. La première rencontre eut lieu au mois de mars 1571, et la flotte espagnole fut défaite. L'année suivante, nouvelle rencontre et nouvelle victoire des Hollandais.

Dans toutes les guerres de l'Espagne contre l'Angleterre, *les meilleurs marins vainquirent les meilleurs navires.*

Les guerres d'Amérique nous offrent aussi de nombreux exemples. Dans les mémorables combats de cette époque, non-seulement les meilleurs matelots triomphent des meilleurs navires, mais très-souvent, ils triomphent d'un ennemi supérieur en nombre. Une frégate américaine, la *Constitution*, s'échappe d'une flotte entière. Une autre s'en va défier les ennemis sur les côtes anglaises. Le capitaine Perry, au plus fort de la mêlée, traverse à portée de pistolet, toute une flotte ennemie, sur un bateau non ponté. La bravoure de Barney excita tant d'enthousiasme en France que la reine l'embrassa devant toute la Cour et les dames d'honneur imitèrent son exemple. Les traits d'héroïsme de Truxton, de Preble et de bien d'autres encore donnent au récit l'apparence d'un roman ; et pourtant, ce n'est que la vérité.

Lorsqu'en 1820 les Grecs s'insurgèrent contre les Turcs, ils n'avaient pas de navires de guerre et lorsqu'ils en eurent, ils furent toujours de beaucoup inférieurs à ceux des Turcs; cependant *les meilleurs navires durent céder devant les meilleurs marins.*

Est-il nécessaire de rappeler, enfin, que la bataille de Lissa n'a pas été gagnée par ceux qui avaient les meilleurs navires ?

Ces exemples ne doivent pas faire conclure qu'il faille négliger la construction des bons navires, (car qui veut trop prouver ne prouve rien); mais ils démontrent que l'objectif principal d'une nation maritime est d'avoir de bons marins.

La seconde maxime évidente à laquelle l'auteur fait allusion, a un caractère plus général, mais elle n'en est pas moins vraie : c'est que *les hommes d'action sont difficilement des hommes d'administration.*

Il y a bien de temps en temps des intelligences supérieures qui peuvent être l'un et l'autre en même temps ; mais ce sont des exceptions qu'il n'est pas possible d'admettre comme règle générale.

En appliquant cette maxime aux choses de la mer, on arrive à cette conclusion, que les personnes destinées à naviguer et à combattre ne peuvent, ordinairement, être placées à l'administration. Et, lorsqu'elles y sont, à mesure qu'elles acquièrent une qualité, elles perdent l'autre ; très souvent même, elles perdent la première sans acquérir la seconde.

La terre est l'ennemie de la mer, répétait un

vieux marin auquel les larmes venaient toujours aux yeux lorsqu'il se rappelait qu'il
avait été, un jour, obligé d'amener le pavillon
de Saint-Marc : « La terre est l'ennemie de la
« mer et celui qui reste à terre plus qu'il ne
« faut pour un repos suffisant, perd rapide-
« ment les qualités nécessaires pour être un
« bon marin. »

L'auteur se figurait que ces maximes claires
et évidentes étaient partagées par tout le monde, mais il s'est aperçu qu'il se trompait.

Un jour, il lisait à une commission parlementaire un rapport fait par le président de
la commission de la taxe des pauvres en Angleterre. A un moment donné, il dit à la réunion que ce rapport n'était pas achevé, parce
que son auteur, M. Goschen, avait été nommé
en 1872 *premier lord de l'Amirauté*, c'est-à-
dire, ministre de la marine. Les membres de
la commission en parurent vivement étonnés,
comme d'un fait singulier; mais l'auteur de
cette étude ne le fut point, à cause des maximes qu'on lui avait répétées dans sa jeunesse.
Dès ce jour-là, il se proposa de les exposer au
public, dans l'espoir que d'autres comme lui

les trouveraient justes et l'aideraient à déraciner les préjugés qui empêchent le libre choix d'un ministre de la marine.

L'auteur avoue qu'il a été poussé par une grande ambition à écrire ces pages.

Entourée comme elle est par de puissants États, l'Italie ne peut trouver nulle part un débouché à son activité. Une seule voie lui reste, celle de la mer, et malheureusement nous sommes en train de la perdre au lieu de la parcourir et d'étendre le cercle de nos affaires.

Tout le monde sait que l'Italie fut un grand centre maritime. Bien des gens désirent qu'elle le soit de nouveau. Mais bien peu, malheureusement, étudient les moyens pour atteindre ce but.

Les armées ne sortent pas des frontières du pays. Les marines, au contraire, même en temps de paix, portent leurs forces dans d'autres contrées. Elles accroissent la réputation, l'honneur, la richesse, poussent les esprits à de hardis projets, et les habituent aux sérieuses et dangereuses entreprises. Ainsi que l'histoire nous l'apprend, elles créent des forces matérielles et morales qui suffisent à elles seules à changer des esclaves en peuple libre, à transformer les marais en villes et les villes en nations.

Quand l'Italie perdit le sceptre du monde, elle recueillit, en tombant, celui du commerce et des entreprises maritimes. Une deuxième fois, elle fut par là grande et puissante, malgré les difficultés causées par les haines, les guerres et les mauvais gouvernements.

Pourquoi donc les petits-fils réunis ne pourraient-ils pas égaler ce que firent leurs pères séparés et divisés ?

Blâme qui voudra ce souhait. Mais l'auteur, confiant dans son espoir, n'écoute pas le blâme et ne veut pas l'entendre.

III

LES PREMIERS LORDS DE L'AMIRAUTÉ EN ANGLETERRE.

—

Ce n'a pas été sans lutte que les Anglais sont parvenus à placer à la tête de leur marine un administrateur et non un marin. Plusieurs fois dans le Parlement anglais, il y eut de longues discussions à ce sujet, et il serait impossible de les rappeler toutes, à cause du trop grand espace qu'elles occuperaient dans cette étude. Il suffira d'en indiquer deux des principales comme les résumant à peu près toutes. Elles démontrent suffisamment que les conclusions auxquelles sont arrivés les hommes d'État anglais sont

les fruits d'une longue étude et de mûres
réflexions.

En remontant à des époques éloignées, on
trouve que l'usage, en Angleterre, est de
placer à la tête de la marine un homme d'État
plutôt qu'un homme de mer, sans suivre,
toutefois, une règle invariable, ainsi que cela
doit être. Cependant, avec le temps, la dis-
tinction entre la marine marchande et la
marine de guerre devenant toujours de plus
en plus marquée, il arriva que les officiers de
marine supportèrent à contre-cœur un civil à
la tête du département de la marine. On trouve
des traces de ce fait dans le compte-rendu du
Parlement anglais, dès le siècle dernier. Mais
il faut arriver à des époques plus rapprochées
de nous, pour avoir là-dessus quelques détails
précis.

En 1848, à l'occasion de la discussion de
quelques dispositions sur la marine, la question spéciale dont il s'agit vint, incidemment,
sur le tapis.

Au mois de février 1856 une longue discussion eut lieu à la chambre des Communes sur
l'administration de l'Amirauté. On se plaignait

alors, tout particulièrement, du favoritisme et du protectionnisme dans les promotions et l'on soutenait que les personnes appartenant à l'aristocratie ou liées à des hommes politiques parvenaient très vite à des postes élevés, tandis que d'autres devaient rester de longues années dans les grades inférieurs. On en attribuait la cause à ce que dans l'Amirauté, il y avait des hommes politiques et non des officiers de marine, et l'on avait proposé de nommer une commission d'enquête.

Le capitaine Scobell, auteur de cette motion, dit : « Le premier lord de l'Amirauté est un civil et il y en a *d'autres encore* au ministère de la marine. Comment les affaires peuvent-elles bien marcher si elles sont dirigées par des hommes qui les connaissent peu ou pas du tout ? Ce serait la même chose comme si lui, (capitaine Scobell) pouvait devenir de but en blanc un bon juge ou un habile médecin. La maxime anglaise est : *the right man in the right place*, c'est-à-dire que chacun soit mis à la place à laquelle il est apte. Certes, on ne peut pas dire que l'on met en pratique cette maxime en plaçant un civil à la tête de l'Amirauté. Le ministre de la marine actuel (1) a été Chancelier de l'Echiquier, puis chef du département des Indes et, actuellement, il administre la marine. Pour laquelle de ces trois fonctions peut-on dire qu'il ait été réellement à sa place ? »

Ce ne fut pas un homme politique, mais un amiral distingué, M. Maurice Berkley, député de Glocester, qui se chargea de lui répondre dans le cours de la discussion. Sa déclaration explicite mérite d'être méditée par ceux qui pensent qu'un ministre de la marine doit être un marin.

« Il y eut un temps, dit l'amiral Berkley, où je croyais comme beaucoup d'autres officiers de vaisseau, que le ministère de la marine devait être occupé par un officier de marine. Mais, après douze ans d'expérience et de travail à l'Amirauté, je déclare que j'ai *complétement changé d'opinion*. Mon intention n'est pas de faire du tort aux deux officiers de marine qui, dans cette période, ont dirigé le ministère ; mais pour l'amour de la vérité, je dois dire que

(1) Sir Charles Wood, baronnet.

je désire *ne jamais plus voir un marin à la tête de l'Amirauté*. Tout le monde discute, ajouta sir Berkley, sur le point de savoir quelle est la personne la plus capable d'être nommée premier lord de l'Amirauté. Mais en général, on connaît fort peu quelles sont les attributions de ce ministère, et je puis déclarer qu'il n'y a là rien *de technique*. Si les personnes qui en parlent savaient quelles sont les attributions d'un ministre de la marine, très-probablement elles feraient comme moi, elles changeraient d'opinion. »

La proposition de nommer une commission d'enquête fut rejetée par 172 voix contre 80.

Vingt ans après, le 13 mars 1876, on renouvela la discussion sur la même question, et elle eut une conclusion encore plus claire et plus catégorique. Cette mémorable discussion a déjà été publiée in-extenso, en 1877, par le contre-amiral Fincati. Il suffira donc d'en citer ici les points les plus saillants.

M. Bentinck, dans cette séance, à l'occasion de la discussion du budget de la marine, déposa sur le banc du Président l'ordre du jour suivant :

« L'usage de mettre à la tête de l'Amirauté un civil qui, par son passé, ne peut pas être au courant des affaires de ce département, est nuisible aux intérêts du service. »

L'honorable député développa cet ordre du jour dans un discours où il soutint que le système de mettre un civil à la tête de l'Amirauté détruisait la responsabilité ministérielle parce qu'il n'était pas possible d'allier la responsabilité avec l'ignorance. Il cita les cas des pertes de la *Mégère* et du *Vanguard* et il en attribua la faute à ce que il y avait à la tête de la marine un ministre politique et non un marin. « Il est vrai, dit-il, que ce ministre est assisté d'un conseil de trois collègues qui appartiennent au plus haut degré de la hiérarchie navale; mais la responsabilité incombe au chef, parce que les trois autres n'ont seulement que voix consultative, que le premier lord peut accepter ou rejeter. »

A la vérité, l'idée de M. Bentinck d'attribuer à un ministre la perte de deux navires pendant qu'ils naviguaient, paraîtra à tout le monde un peu hasardée et c'est précisément ainsi qu'elle fut jugée. Mais l'orateur ne s'en tint pas là. Il ajouta d'autres arguments soutenus par son collègue M. Monck, qui prit la parole immédiatement après lui.

Tous deux se servirent de l'argumentation socratique (1) : « Si le sac de laine était vacant, dirent-ils (2), et que vous dussiez nommer le lord Chancelier, choisiriez-vous le pre-

(1) On entend par là le raisonnement par l'absurde.

(2) Le sac de laine ou *woolsack* est une allusion au poste de lord grand Chancelier (ministre de la justice), le plus haut dignitaire officiel de la Cour anglaise et présidant la chambre des Lords. Autrefois, quand le lord Chancelier siégait, il s'asseyait sur un sac de laine, et aujourd'hui encore, le coussin ou le siége sur lequel il s'assied a la forme d'un gros sac de laine carré, sans dossier ni bras, recouvert d'étoffe rouge.

De là l'expression « *s'asseoir sur le sac de laine* » signifie être lord Chancelier.

La laine était le commerce principal de l'Angleterre sous le règne d'Edouard III (1327-1377), époque où le sac de laine fut mis en usage pour la première fois. Son emploi avait pour but de rappeler à la Chambre que c'était la principale source de la richesse nationale et qu'elle ne devait rien faire qui pût porter atteinte à son commerce et à son développement. Depuis lors, les sources principales de la richesse du pays ont augmenté ; on peut citer, par exemple, les charbons, les fers, etc. Mais cette vieille coutume a toujours été maintenue et aujourd'hui encore le sac de laine sert à rappeler ce que la grandeur de l'Angleterre doit à l'industrie et au commerce. (L. CAFFARENA.)

mier homme politique qui vous tomberait sous la main, ou bien la sommité la plus incontestée du barreau d'Angleterre ? Si vous deviez nommer l'archevêque de Canthorbery, prendriez-vous un homme politique ou bien un des meilleurs ecclésiastiques de l'Eglise anglicane ? Pourquoi donc, lorsqu'il s'agit du poste si envié de premier lord de l'Amirauté préférez-vous un civil pour satisfaire l'ambition (*cupidity*) de ceux qui font métier de la politique ? »

Ces arguments étaient de nature à impressionner; mais ils avaient deux grands défauts : le premier, c'est qu'ils restaient trop dans les généralités, et le second qu'ils voulaient trop prouver.

Les arguments de MM. Bentinck et Monck auraient pu aussi être retournés contre eux. En effet, on aurait pu leur demander : « S'il vous fallait un homme pour administrer les sommes allouées au budget, prendriez-vous un officier de marine ou bien choisiriez-vous plutôt un bon administrateur ? »

Les défauts du raisonnement des deux orateurs et surtout leur thèse erronée n'échappèrent pas à la sagacité de l'un des principaux hommes politiques de la Chambre qui, parti de l'obscurité dans les luttes parlementaires, était arrivé peu à peu à la plus haute position du Royaume-Uni. C'est nommer M. Disraëli, actuellement lord Beaconsfield.

Le discours de lord Beaconsfield, outre le mérite de réfuter les adversaires, offre un avantage particulier pour les étrangers, parce que, grâce à lui, on connaît les attributions et les devoirs d'un ministre de la marine en Angleterre.

L'orateur commença ainsi : « Pour voir si la motion de M. Bentinck, appuyée par M. Monck, a quelques fondements, il importe d'examiner quels sont les devoirs d'un premier lord de l'Amirauté.

« Les attributions de ce haut fonctionnaire de l'Etat sont écrites dans une ancienne *table* (1) qu'il est utile de faire connaitre à **la** Chambre.

---

(1) *L'ancienne table*, à laquelle on fait ici allusion, n'est autre qu'un document législatif ou *patent* donnant la liste, le *tableau* des attributions du premier lord de l'Amirauté, le mot anglais table étant une corruption du mot français tableau.

Ce document ou tableau, dont la date exacte n'est pas

« On y lit : 1° qu'il a la direction et la surveillance de son département ; 2° les questions
politiques concernant son ministère sont de
son ressort ; 3° les promotions ; 4° les dis-
tinctions honorifiques ; 5° la nomination des
employés civils ; 6° la conservation de la
rivière la Mersey (1) ; 7° le choix des comman-

connue, croyons-nous, est fort ancien. Il remonte soit en 1385,
époque où la charge de premier grand amiral fut créée par
Richard II, soit en 1500 lorsque la charge de premier grand
amiral fut remplacée par un Comité de commissaires ou une
commission dont le président fut appelé et est encore appelé
le premier lord de l'Amirauté. La première de ces deux dates,
1385, doit être la plus vraie, parce qu'il est à présumer que,
lors de la création de cette charge élevée, on aie dû, en
même temps, indiquer quelles seraient les attributions du
titulaire. (L. CAFFARENA)

(1) Aujourd'hui, il n'en est plus ainsi. D'après l'acte de 1842,
5 et 6 Vict. chap. 110, la conservation de la rivière Mersey
est actuellement confiée à trois commissaires, savoir :

Le premier, chargé des attributions qui incombent au lord
grand amiral du royaume-uni de la Grande-Bretagne et de
l'Irlande ; 2° le Chancelier du duché de Lancastre et 3° le
Président du Board of Trade, ce dernier ayant été nommé
commissaire à la place du chef-commissaire des bois et forêts
et biens de Sa Majesté (act. 1873, 36 et 37 Vict. chap. 36.)

Ces trois commissaires nomment chaque année un conser-
vateur qui doit, au moins une fois par an ou à certaines
époques qui sont déterminées par les commissaires, visiter et
inspecter la rivière, faire un rapport sur l'état de la naviga-

dants des escadres et des batiments de la flotte. »

« La Chambre peut facilement voir que parmi toutes ces attributions, il n'y en a aucune qu'un homme d'Etat de quelque expérience ne puisse remplir. »

« Cependant, comme avec le temps les attributions du ministre de la marine ont augmenté, il est nécessaire d'en ajouter d'autres à celles indiquées dans la table fondamentale. C'est ainsi qu'il est responsable devant le Parlement des sommes allouées au budget de la marine. Toutes les questions politiques et administratives concernant les navires sont aussi de son ressort. Il est responsable de la distribution des escadres, des navires et de toutes les questions qui pourraient surgir à ce sujet. Il répond de la bonne direction et de l'administration des chantiers de construction, de radoub et des magasins dans lesquels sont

___

tión, spécifier tous les embarras, empiétements, dommages et préjudices qui entravent la navigation soit au fond, soit à la surface de la rivière, mentionner l'époque, la cause et les auteurs de ces embarras ou empiétements, etc., etc. (L. CAFFARENA.)

employés de 15 à 20.000 hommes. Il veille à ce que l'argent voté par le Parlement soit dépensé pour le plus grand profit et de la meilleure manière possible. Enfin, les questions financières inhérentes au ministère sont de sa compétence exclusive. Je crois que la table primitive et ce que je viens d'ajouter donnent la liste complète des attributions d'un premier lord de l'Amirauté. Je demande donc si parmi toutes ces attributions il en est une seule pour laquelle un homme versé dans les affaires publiques et réellement homme politique ne soit pas compétent? Il existe, il est vrai, d'autres attributions qui sont à la charge de l'Amirauté, telles que la construction des bâtiments, les types à choisir, les armements, l'artillerie et d'autres affaires inhérentes à ses fonctions ; mais quoiqu'un homme d'État de bon jugement puisse, sans difficulté, se prononcer sur ces questions, un premier lord de l'Amirauté n'est pas tenu d'en prendre l'initiative, parce qu'il y a d'autres membres de l'Amirauté, hommes techniques, qui sont chargés de donner leurs avis. Le ministre, après avoir pesé impartialement le pour et le contre, décide impartialement dans l'intérêt du service. »

« Quoique le premier lord ait le commandement suprême — sinon l'administration de ce département tomberait dans l'anarchie — tout le monde sait que les décisions à prendre sur des questions techniques, sont laissées, dans la pratique, au conseil de l'Amirauté. »

« Le principal argument proposé par l'honorable député de West-Norfolk, M. Bentinck, est que la charge de premier lord de l'Amirauté occupée par un homme politique, produit une combinaison qui allie la responsabilité avec l'ignorance.

« Ce n'est pas la première fois que j'entends l'honorable député exprimer cette opinion. Je me rappelle, il y a vingt ans, environ, qu'il appuya une motion de M. Charles Napier dans laquelle, et pour les mêmes motifs, il déplorait la situation peu satisfaisante de la marine. Je dois lui rendre cette justice qu'il est toujours resté du même avis. »

« L'objectif de sir Charles Napier était de prouver que la marine allait en décadence parce qu'un civil dirigeait ce département. Mal-

heureusement, on vint à savoir que M. Charles
Napier avait demandé une place dans l'Amirauté à l'homme politique qui était à la tête de
ce ministère. Si ce fait affaiblit les arguments
du brave amiral, il ne diminua point l'importance de ceux de l'honorable député qui l'ap-
puyait et qui conserve encore aujourd'hui la
même conviction. »

L'orateur arrive ensuite à réfuter les autres
arguments. Il rappela que les pertes du *Vanguard* et de la *Mégère* ne pouvaient être imputées
au ministre civil pas plus qu'on aurait pu les
imputer à un ministre marin si elles étaient
arrivées dans les mêmes circonstances ; qu'en
fait, d'autres navires s'étaient perdus tandis
qu'un marin était au ministère sans que personne ne l'en crût responsable. Ensuite, il cita
un grand nombre d'opinions des hommes les
plus éminents qui avaient pris part à l'administration de la marine, lesquels étaient d'accord pour déclarer qu'il valait mieux avoir
des ministres politiques que des officiers de
marine. Il démontra que les seules personnes
qui se plaignent de ces opinions sont les officiers de marine, et encore pas tous, puisque

les plus éminents se sont prononcés en faveur de l'homme politique et non de l'homme technique. Enfin, il conclut ainsi :

« L'honorable député, auteur de l'amendement qui fait l'objet de la discussion, a dit, sauf erreur de ma part, que les désastres maritimes que nous avons éprouvés arrivèrent pendant qu'un homme politique était ministre, et que nos gloires principales doivent être attribuées à des ministres techniques.

« Les faits prouvent absolument le contraire. De 1782 jusqu'à la mémorable bataille de Trafalgar, toute la série des glorieuses victoires remportées par les flottes anglaises, eut lieu pendant qu'il y avait des hommes politiques, et non des marins, à la tête de l'Amirauté, c'est-à-dire, Sandwich, Spencer et Meleville. Avec ces preuves, avec ces faits sous les yeux, il me semble qu'on serait mal venu d'accepter l'amendement proposé, et, quant à moi, pour le bien du pays, je ne puis nullement y adhérer. »

Après ce discours, la chambre des Communes passa au vote et le résultat fut de 80 voix en faveur de l'amendement Bentinck et de 243 contre.

Les opinions, sur ce sujet, de quelques-uns des principaux hommes d'Etat anglais sont très-importantes à connaître.

En 1861, une commission d'enquête fut nommée par la chambre des Communes pour décider s'il était plus utile d'avoir un homme technique ou un homme politique au ministère de la marine. Parmi les personnages les plus marquants qui furent interrogés, il y eut le duc de Sommerset.

« Je désirerais connaître, lui demanda le Président de la commission, si vous pensez qu'il vaille mieux avoir pour premier lord de l'Amirauté un officier de marine ou un homme politique ? »

Le duc répondit qu'il n'est pas toujours possible de trouver parmi les officiers de marine un homme capable d'être ministre, et cependant si on devait absolument en choisir un parmi eux, il faudrait bien le prendre de toute façon. Il fit ensuite quelques observations au sujet de l'organisation parlementaire anglaise ; puis, il ajouta : « Je remarque qu'en France, où il n'y a pas toujours des nécessités parlementaires, peu de ministres techniques eurent la direction de la marine. Actuellement, il y a un civil (1), et dans les années précédentes, il y a eu, également, plus de civils que de marins. »

Le Président ayant insisté pour que le duc expliquât mieux sa pensée, il répondit qu'il n'y avait aucun inconvénient à avoir un officier pour premier lord de l'Amirauté, pourvu qu'il eût les qualités nécessaires. Puis il ajouta : « Autant que l'histoire peut nous servir de guide, elle nous apprend que les officiers de vaisseau ne réussirent pas très-bien comme ministres, et qu'au lieu d'apporter des connaissances techniques à l'Amirauté, ils introduisirent la politique dans l'armée. Si nous devons nous en rapporter au passé, nous avons vu que lorsqu'un amiral était à la tête de l'Amirauté, on mettait en doute qu'un officier, appartenant à un parti politique opposé, pût avoir le commandement de la flotte. On peut voir par là que les hommes techniques ne furent pas très-heureux dans leurs conceptions. Je crois aussi que, de nos jours, c'est-à-dire quand lord Keppel, lord

---

(1) M. de Chasseloup-Laubat, du 24 novembre 1860 au 20 janvier 1867.

4

Howe et lord Saint-Vincent furent ministres on eut à déplorer les mêmes inconvénients que sous leurs prédécesseurs. »

L'amiral Sir Sidney Dacres exprima une opinion encore plus catégorique.

Il pensait que non-seulement *il était mauvais qu'un ministre fût pris parmi les officiers de marine, mais, de ceux-ci, il n'en aurait même pas voulu dans le conseil de l'Amirauté.* « Le séjour à terre, disait-il, fait perdre aux officiers de marine toutes leurs qualités d'hommes de mer. »

L'un des ministres whigs les plus estimés fut Sir James Graham. Interrogé par une commission, sur le point de savoir s'il valait mieux confier la direction de l'Amirauté à un officier de marine, il répondit :

« A mon âge et dans la condition où je me trouve, je suis un spectateur sans passion, et aucun intérêt ne me pousse à modifier le fruit de mon expérience. Mon opinion bien arrêtée est celle-ci : « Tant que la forme de notre gouvernement sera parlementaire, il vaudra mieux pour le service et pour l'Etat qu'un civil préside aux destinées de notre marine. »

Parmi les questions que lui adressèrent les membres de la commission il y en eut une de M. Austin Bruce, passé depuis à la Chambre des lords, avec le titre de lord Aberdaw. « Vous préférez un civil à la direction de l'Amirauté, lui dit le commissaire. Mais cette préférence vient-elle de ce que vous croyez difficile de trouver, parmi les hommes techniques, des gens capables d'obtenir un siége au Parlement ? »

« Non, répondit, Sir James Graham : ma préférence découle de motifs plus généraux. Certes, il n'est pas facile de trouver un officier — quelque distingué qu'il soit dans sa profession — qui ait les qualités requises pour être un homme politique. Cependant, je considère la question à un point de vue plus synthétique et je trouve que les *meilleurs* ministres de la marine ont été des civils et *les plus mauvais* des marins. »

On lui demanda encore : « L'administration de lord Chatam fut une des plus glorieuses dont l'Angleterre se souvienne et le premier lord de l'Amirauté était l'amiral lord Anson. Peut-on dire qu'il ait mal réussi ?

« Je ne connais pas, répondit sir James Graham, les détails de l'administration de l'amiral lord Anson. Mais je puis donner des preuves historiques très-importantes pour démontrer les inconvénients occasionnés au service toutes les fois que le chef de l'Amirauté fut un homme technique. Je le prouverai en citant le cas de lord Keppel en 1782. »

« Lorsque l'amiral lord Keppel fut nommé premier lord de l'Amirauté, sa première idée fut d'enlever le commandement de la flotte des Indes Occidentales à lord Rodney, avec lequel il avait eu jadis des démêlés sérieux. On lit dans le livre septième de l'histoire de lord Mahow que l'ordre de rappel se croisa avec le message qui apportait la nouvelle de la victoire extraordinaire remportée par lord Rodney le 12 avril ; de sorte que, ce fut un pur hasard si ce grand amiral ne fut pas rappelé la veille de la bataille. »

« Outre lord Keppel, lui demandèrent les membres de la commission, lord Howe et lord Saint-Vincent furent aussi premiers lords de l'Amirauté ; quelle est votre opinion sur lord Saint-Vincent ? »

« Je le considère, répondit sir James Graham, comme un des héros de notre marine. Mais en lisant les discussions parlementaires du temps où l'amiral Saint-Vincent était ministre, on voit que Pitt, après la paix d'Amiens, demanda une enquête sur l'administration de la marine et que cette proposition fut appuyée par Fox. Je trouve de plus que, d'après l'opinion générale, l'administration de lord Saint-Vincent était fort blâmée, tandis que comme amiral il était considéré comme un des meilleurs. »

On interrogea également sur ce point Sir Francis Baring qui répondit n'être pas prêt à donner une réponse ; mais qu'à la place de son opinion, il était en mesure de donner celle de lord Saint-Vincent lui-même. Dans l'ouvrage de Tucher on lit une lettre dudit amiral adressée à lord Keith, dans laquelle il lui annonce sa nomination aux fonctions de premier lord de l'Amirauté. «Reste à savoir, écrit lord Saint-Vincent, si je réussirai, car j'ai connu de *bons amiraux qui furent de très-mauvais ministres.* »

« Les amiraux ministres de la marine, continua Sir Francis Baring, qui avaient précédé lord Saint-Vincent, étaient lord Howe, lord Keppel, lord Hawhe, lord Anson et Sir Charles Saunders. C'est donc à ceux-là que faisait allusion la lettre du nouveau ministre. »

Dans *la Vie de lord Howe*, écrite par Sir John Barrow, qui fut pendant quarante ans sous-secrétaire et secrétaire général de l'Amirauté, on lit :

« Les officiers de marine disent que la meilleure récompense pour ceux qui ont pris part aux guerres nationales, est de les mettre à la tête de l'Amirauté. Cependant, si nous remarquons attentivement, lorsqu'il y eut un officier de marine chef de l'Amirauté, ce furent ses compagnons d'armes eux-mêmes qui se plaignaient le plus. En effet, comment peut-on exiger qu'un homme technique soit capable de se dépouiller, aussi bien des préjugés que des idées préconçues qu'il a sur le compte de ses compagnons d'armes ? Comment peut-on s'attendre à ce qu'il mette de côté les meilleurs sentiments de la nature humaine et qu'il se montre hostile à ses vieux amis, aux compagnons de ses premières années, à ceux qui partagèrent avec lui les périls des batailles et

des tempêtes et prirent part à ses plaisirs ?
Qu'ils soient capables ou non, ils auront la pro-
tection du ministre. De plus, l'éducation d'un
marin n'est pas celle qui est nécessaire à un
ministre. Le temps qu'un officier doit con-
sacrer à acquérir les connaissances nécessaires pour monter en grade, l'empêche de
s'habituer aux vues larges, aux grandes conceptions et aux idées d'ensemble qui sont
l'apanage d'un homme d'Etat. Consultez la
liste des amiraux et voyez quels sont ceux qui,
par ces qualités, peuvent être capables d'occuper le poste de premier lord de l'Amirauté. »

« Si des services éminents et des succès
militaires pouvaient servir de critérium dans le
choix à faire, l'on trouve que les plus brillan-
tes victoires furent remportées par des flottes
préparées et des commandants nommés par
des ministres civils. C'est ainsi que la splendide victoire de lord Rodney contre don Juan
de Longara au mois d'avril 1782 ; la défaite
de la flotte française au mois de juin 1794 ; les
victoires du cap Saint-Vincent et de Camper-
down en 1797 et celle du Nil en 1798 ; la
bataille de Copenhague, en 1801 et la défaite

des flottes réunies de France, et d'Espagne devant Trafalgar, furent toutes remportées par des flottes qui avaient été préparées par des hommes politiques et commandées par des officiers nommés par eux. Quoique la bataille de Copenhague ait eu lieu sous le ministère de lord Saint-Vincent, le mérite des préparatifs revient entièrement à son prédécesseur lord Spencer. Le 12 avril 1782, il y avait aussi un ministre amiral. Mais tous les préparatifs et toutes les dispositions étaient dus à son habile prédécesseur, lord Sandwich. Ce fut à l'occasion de cette mémorable victoire que lord North, en s'adressant au nouveau ministre lui dit : « *Vous êtes vainqueur parce que vous avez combattu avec l'armée de Philippe.* »

Il faut reconnaitre cependant qu'aucun homme politique, quelque capable qu'il fût, ne pourrait réussir dans les affaires techniques sans être assisté par deux ou trois officiers de vaisseau, habiles et prudents. Mais, d'autre part, il n'est malheureusement que trop vrai qu'un officier de marine ministre *n'est pas toujours disposé à se servir d'une telle assistance.* »

Parmi toutes les opinions, la plus digne de remarque est celle exprimée en 1871 par lord John Hay, un des amiraux les plus éminents d'Angleterre.

On lui demanda s'il croyait utile que le ministre de la marine fût un officier de vaisseau. « Certainement non, répondit-il, *je n'ai jamais vu un officier de marine qui fût, selon moi, un bon ministre.* Je pense que, nous devons toujours désirer, nous marins, un homme politique capable et estimé qui nous représente au Parlement. Je crois que si nous ne pouvions pas avoir un homme de cette catégorie, il *vaudrait mieux n'en avoir aucun* ; mais heureusement, aujourd'hui nous l'avons et nous en sommes très-contents (1). »

C'est l'opinion la plus nette qui ait été prononcée sur ce point et elle appartient à un officier de marine (2).

(1) Le ministre auquel il est fait allusion est M. Childers qui a fait, durant son ministère, de très-grandes et nombreuses réformes. Il est actuellement ministre de la guerre depuis le 29 avril 1880 (ministère Gladstone).

Quelles leçons et quels enseignements pour nous! (L. C.).

(2) Après avoir indiqué l'opinion des hommes techniques, des amiraux anglais, je crois utile d'indiquer ici les deux ré-

On pourrait multiplier de semblables exemples. Il suffirait de rapporter les résultats des commissions parlementaires et les ouvrages de beaucoup d'hommes illustres du Royaume-Uni. Mais la chose est inutile parce que les classes dirigeantes en Angleterre se sont

ponses caractéristiques qui m'ont été faites en décembre 1879 par deux riches négociants anglais.

Dans une lettre où je manifestais mon étonnement de voir constamment, en Angleterre, un civil ministre de la marine, alors que l'on comptait pourtant un grand nombre d'amiraux remarquables et fort distingués, l'un d'eux, M. C. S., armateur à Liverpool, me répondit :

« Les amiraux, c'est incontestable, sont supérieurs aux civils
« pour ce qui a trait à la guerre ; mais les civils sont de meil-
« leurs hommes d'affaires. Ainsi, par exemple, M. Childers en
« 1868, M. Goschen en 1871 et M. Smith en 1878, ont été choisis
« premiers lords de l'Amirauté à cause de leurs grandes con-
« naissances des affaires et de la comptabilité. Ils connais-
« saient la manière de dépenser utilement le budget de la
« marine et ils étaient à même de donner des explications
« aux Chambres. »

La même question ayant été posée à M. L., armateur à Londres, voici quelle fut sa réponse : « D'abord, un pre-
« mier lord civil, sorti des rangs du haut commerce ou des
« autres carrières civiles est un bon *administrateur*. Ensuite,
« il a un coup d'œil libéral et général. Il apporte à ses fonc-
« tions l'expérience et la connaissance des hommes et des
« choses, tandis qu'un militaire a de la peine à s'affranchir
« des traditions, des habitudes et des travers de son état et ne
« peut se défaire de l'influence de ses compagnons d'armes. »

déjà prononcées dans le même sens que lord Hay. Pour s'en convaincre, il suffit de donner un coup d'œil sur la liste des premiers lords de l'Amirauté depuis 1801 jusqu'à nos jours et l'on verra que presque tous furent des hommes politiques et non des hommes techniques.

Liste des Ministres de la Marine en Angleterre

* 1801 —   »   le comte Saint-Vincent (1).
* 1804 — 15 mai...... le vicomte Melville.
* 1805 — 30 avril..... lord Barham.
* 1806 — 11 février.... le comte Grey.

Non-seulement les Anglais raisonnent juste, mais ils **agissent** aussi de même. Ils comprennent les inconvénients **du** système militaire et ils se gardent bien de l'employer. **Que** nous sommes loin de les imiter !

Citons enfin l'opinion d'un des amiraux les plus distingués de la marine française, M. le vice-amiral Touchard, ancien député. Il m'écrivait le 22 mars 1878 :

« Je reconnais que la marine doit *beaucoup* aux ministres « civils, depuis Colbert jusques et y compris M. de Chasseloup- « Laubat. »

Plus loin il ajoutait :

« Dans un temps normal, régulier, dans un temps de paix, les ministres civils *valent beaucoup mieux.* » (L. CAFFARENA).

(1) Les noms précédés d'un astérisque représentent des pairs du Royaume-Uni, hommes politiques appartenant aux divers partis et suivant le sort des ministères.

Les noms précédés de deux astérisques représentent des députés appartenant aux différents partis politiques. (L. C.)

**1806 — 27 septembre. R. H. Thomas Grenville.

* 1808 — 7 mai...... lord Mulgrave.

* 1810 — 1er mai...... R. H. Ch. P. Yorke.

* 1812 — 24 mars..... le vicomte Melville.

1827 — » le duc de Clarence.

' 1828 — » le vicomte Melville.

**1830 — 22 novembre. R. H. le baron Graham.

' 1834 — 5 juin...... lord Aukland.

' 1834 — 15 décembre. le comte d'Aberdeen.

' 1834 — 19 décembre. le comte Grey.

' 1835 — 18 avril..... lord Aukland.

' 1835 — 18 septembre. le comte Minto.

' 1841 — 6 septembre. le comte Haddington.

' 1845 — 29 décembre. le comte Ellenborough.

' 1846 — 3 juillet.... le comte Aukland.

**1849 — 13 juin...... Sir Thornhill Baring.

' 1852 — 27 février.... le duc de Northumberland.

**1854 — » Sir James Graham, baronnet.

**1855 — 28 février.... Sir Charles Wood, baronnet.

**1858 — 26 février ... Sir J. Somerset Pakington, bᵗ.

' 1859 — 18 juin...... le duc Somerset.

**1866 — 6 juillet.... Sir J. Somerset Pakington, bᵗ.

**1867 — » R. H. Thomas Lowry Corry.

**1868 — 10 décembre. Hugh Cully Eardley Childers.

**1871 — mars..... R. F. G. J. Goschen (1).

(1) M. Goschen, actuellement ambassadeur à Constanti-
nople était négociant à Londres, lorsqu'il fut nommé
ministre de la marine en 1871.

"1875 —   »   R. H. George Ward Hunt (1).
1878 —   »   R. H. W. Smith (2).
* 1880 — 29 avril . . . . . le comte de Northbroock (3).

(1) M. Georges Ward Hunt était avocat (*barrister at law.*)
(2) M. William Smith était directeur d'une *grande agence de publicité*. Ah ! que n'aurait-on pas dit, en France, si ce dernier avait été nommé ministre de la marine ! Et cependant il est si naturel de choisir comme *administrateur* un homme rompu aux affaires, un homme d'initiative, en un mot, connaissant l'administration. (L. C.)
(3) Sauf les quatre amiraux le comte Saint-Vincent en 1804, le duc de Clarence en 1827 qui fut plus tard roi d'Angleterre sous le nom de Guillaume IV, le comte Haddington en 1841 et le duc de Northumberland en 1852, tous les autres ministres sont *civils*. (L. C.)

IV

LES MINISTRES DE LA MARINE EN FRANCE.

—

Mais, dira-t-on peut-être, les conditions de l'Angleterre sont différentes des nôtres et les critérium d'après lesquels ce peuple se gouverne pourraient difficilement s'adapter à d'autres pays ; enfin, s'il y a une chose peu sage et souvent nuisible, c'est l'imitation servile des dispositions administratives.

Il y a, cependant, un autre pays dont la marine, par son importance, vient immédiatement après celle de l'Angleterre, pays qui, sans discussion *a priori*, sans idées préconçues, en est arrivé au même résultat. Ce pays, le lecteur l'aura déjà deviné, c'est la France.

L'annuaire de la marine française donne la liste des ministres de la marine depuis 1669 jusqu'à 1880, c'est-à-dire pendant deux cent dix ans, et compte quatre-vingt-un ministres.

En 1878, M. L. Caffarena a publié à Toulon un livre, *Civils et Marins*, dans lequel, avec beaucoup de justesse, il fait remarquer que si l'on veut compter tous les ministres qui ont dirigé la marine française, il ne faut pas commencer à Colbert en 1669, mais en 1626, à l'époque où le cardinal de Richelieu était ministre de la marine. Après le cardinal, la charge fut occupée, le 5 décembre 1642, par son neveu, Armand de Maillé, duc de Brézé. Le 4 juillet 1646, d'après le même auteur, la reine Anne d'Autriche prit elle-même la charge de ministre de la marine, mais c'était Mazarin qui en exerçait les fonctions. Le 13 mars 1650, le duc César de Vendôme lui succéda, et au mois d'août 1677, ce fut François de Vendôme, duc de Beaufort. Vient ensuite Colbert, puis la série des ministres indiquée dans l'annuaire de la marine.

Parmi ces ministres, quarante-trois furent des civils, vingt-neuf marins, six militaires et quatre *mixtes*, c'est-à-dire trois ingénieurs de la marine, Forfait, Tupinier et Dupin et un commissaire général de la marine, Malouet. Non-seulement le nombre des ministres civils est supérieur à celui des officiers de marine, mais il y a un autre fait qui augmente l'importance de la supériorité numérique : c'est que les ministres civils occupèrent plus long-temps le pouvoir. Durant les deux cent dix ans indiqués ci-dessus, les ministres civils occupèrent le pouvoir pendant cent cinquante ans, soit environ les trois quarts de la période entière.

En 1626, la marine française était divisée en deux départements : la marine de Ponant et la marine de Levant, chacune d'elles commandée par un amiral. Cependant, pour peu que l'on connaisse l'histoire de France, on ne peut nier que le cardinal de Richelieu ait eu une part considérable dans l'organisation des forces maritimes de ce pays. La retraite d'une flotte anglaise devant La Rochelle, en 1628, la bataille de l'île de Ré et la prise de La Rochelle eurent lieu non-seulement sous la direction du ministre de Louis XIII, mais encore sous ses yeux.

Les victoires successives de Menton, la prise
des îles Sainte-Marguerite, la défaite des galères espagnoles devant Saint-Tropez, le combat
naval de Saint-Vincent, les batailles navales
devant Tarragone et devant Barcelone et d'autres glorieux faits d'armes, la France les doit
sans doute à la valeur et à l'habileté de ses
amiraux; mais la haute direction, la science
financière et administrative pour fournir les
moyens nécessaires, malgré la grande pénu-
rie du budget de l'époque, sont des mérites
que l'on doit attribuer au premier ministre
français.

Ce fut avec un succès égal que Mazarin
occupa la haute direction de la marine française. C'est pourquoi l'on peut dire que les
deux premiers ministres de la marine française
furent deux cardinaux qui n'étaient certes pas
marins, mais deux administrateurs hors ligne
et deux grands hommes politiques.

Toutefois, l'histoire considère Colbert comme le grand unificateur et pour ainsi dire le
créateur de la marine française. Celui-ci, non
plus, n'était pas officier de marine, mais un
fabricant de draps, né à Reims en 1619. Il

n'est certes pas nécessaire de redire les grandes choses accomplies par cet administrateur éminent parce qu'elles sont racontées dans tous les ouvrages d'histoire. Sous son administration, les escadres françaises se couvrirent de gloire dans vingt-deux batailles et faits d'armes. Le commerce rayonna dans toutes les parties du monde. La science lui doit également beaucoup. Ses travaux législatifs sont encore estimés et sa fameuse ordonnance de la marine du mois d'août 1681 est encore la base du droit maritime actuellement suivi en France.

Son fils, Seignelay, marcha sur ses traces et s'occupa particulièrement des affaires maritimes. Il commença à les diriger avec son père en 1676, devint ministre en 1683 et le fut jusqu'à sa mort survenue en 1690. Ces sept années furent glorieuses pour la marine française. Il n'y eut pas moins de dix-sept batailles et faits d'armes qui illustrèrent son ministère. Comme son père, il eut une grande qualité c'était de savoir choisir les hommes, qualité, que l'on n'apprécie pas aujourd'hui parce qu'on laisse trop souvent ce choix dépen-

dre des luttes politiques et des faveurs parlementaires. Il fut impartial, fécond et habile
à trouver des moyens pour faire face aux
grandes dépenses de la marine. A sa mort, la
flotte se composait de 300 navires et de 80,000
marins inscrits. Nulle gloire maritime n'a
dépassé celle des deux Colbert : et c'étaient
deux bourgeois.

A Seignelay, succéda, le 7 novembre 1690,
Louis Philipeaux, comte de Pontchartrain,
neveu de l'autre Pontchartrain qui fut ministre de Marie de Médicis et auteur de *Mémoires* de ce temps. Il fut ministre pendant neuf
années durant lesquelles la marine française
s'illustra dans cinquante - neuf batailles et
combats. Il fut si honnête et tellement estimé
que le roi, en recevant son serment comme
Chancelier de France, lui dit : « Je voudrais
« avoir une place encore plus éminente à vous
« donner pour vous marquer mon estime de
« vos talents et ma reconnaissance de vos
« services. » — MICHAUD, *Biographie Uni-
verselle*.

Au mois de septembre 1699, il eut pour
successeur son fils Jérôme qui fut ministre de

la marine jusqu'en 1715. Sous ce ministre, le métier de marin était loin d'être une sinécure. Outre les voyages et les nombreuses explorations accomplies dans de nouvelles contrées, la marine française livra trente-quatre batailles et faits d'armes.

Après cette première et glorieuse série de ministres civils, le poste de ministre fut occupé par un amiral, le comte de Toulouse. M. Caffarena, dans son livre, fait remarquer que l'*Annuaire de la Marine française* ne le mentionne pas.

A cet amiral, succéda un autre ministre civil Jean-Baptiste Fleuriau, sieur d'Armenonville, et, après lui, vint le comte de Maurepas. La France se trouvait alors dans une situation assez difficile. Epuisée par des guerres, par le despotisme et par de déplorables administrations, elle comptait les années par les favorites. Cependant, sous l'administration de Maurepas, la marine soutint l'honneur national dans quatorze combats.

Cet homme d'État, remarquable par un grand nombre de qualités, malgré les critiques que lui adresse Marmontel dans ses *Mémoires*, occupa le ministère pendant vingt-six ans et il perdit sa charge, non pour avoir démérité, mais pour avoir fait une épigramme contre la Pompadour.

La marine, durant cette période, contribua beaucoup au progrès des sciences. Le ministre subventionna des astronomes, des géomètres; d'autres savants furent envoyés par lui à l'équateur et au pôle pour mesurer un degré du méridien (1). Ce fut dans ces expéditions, que quelques-uns des plus illustres savants de ce temps-là, virent commencer leur célébrité.

Maurepas fut partisan de la liberté du commerce autant que l'époque le permettait. Il supprima les monopoles et contribua beaucoup à favoriser le libre-échange.

Un fait important accompli par ce ministre, fut l'introduction de méthodes scientifiques et de calculs exacts dans la construction des navires. On doit principalement à ces études le

(1) Bouguer, Godin et La Condamine furent envoyés au Pérou pour mesurer un degré du méridien sous l'équateur, pendant que Maupertuis, Clairault, Camus et Lemonnier étaient chargés de la même mission à Tornéa, en Laponie.

perfectionnement des navires de guerre. C'est ainsi que disparurent les galères qui firent place à de plus puissantes constructions.

En 1749, Maurepas eut pour successeur Antoine-Louis Rouillé, comte de Jouy, un autre civil, auquel la marine française doit la fondation de l'Académie navale de Brest.

En 1754, Jean-Baptiste Machault d'Arnonville fut ministre. Les forces navales de la France étaient de beaucoup inférieures à celles des Anglais. Cependant, même dans cette période, la marine française illustra son pavillon par des combats sur l'Ohio, par des combats sur mer devant le fort Mahon et d'Oswego (Canada). Machault était un homme supérieur et d'un talent remarquable. Il supportait à contre-cœur le gouvernement des favorites ; de sorte qu'il n'est pas étonnant qu'il ait été sacrifié aux rancunes de la Pompadour, qui avait déjà fait destituer Maurepas.

Son successeur fut un autre civil, Peirenc de Moras. Il donna sa démission en 1758 et fut remplacé par le marquis de Massiac, un officier de marine.

Avec Nicolas-René Berryer, le ministère

retourna dans les mains d'un civil; après lui, il y eut encore deux civils, Choiseul comte de Stainville et ensuite son cousin, Choiseul duc de Praslin.

Ce fut par les soins de Stainville que fut publiée l'ordonnance de 1765, et, si cette ordonnance avait été appliquée, la marine française ne serait pas tombée en décadence pendant la première Révolution. Ce ministre voulait que les membres du tiers état, et pas seulement ceux de la noblesse, pussent atteindre les grades élevés de la marine; mais il n'y réussit pas, tellement les préjugés étaient enracinés.

Cette exclusion injuste eut pour résultat que les officiers supérieurs furent tués ou mis en fuite lorsque la Révolution éclata et que les navires furent privés d'état-major; de sorte, que ceux qui restèrent ne purent pas soutenir la lutte contre l'Angleterre, vu leur petit nombre et leur manque d'expérience. Il semblerait même, si nous observons bien, que, depuis cette époque, la marine française n'a plus atteint l'importance qu'elle avait obtenue dans la période qui précède la Révolution.

D'autres administrateurs célèbres illustrèrent leur pays comme ministres de la marine. Les principaux d'entre eux furent Portal d'Albarèdes, Chabrol de Crouzol, d'Haussez, Ducos et Chasseloup-Laubat.

C'est à un ministre civil de la marine française, Portal, que revient l'honneur d'avoir relevé le prestige militaire de son pays, après les grandes catastrophes qui terminèrent le premier Empire.

Ce fut un ministre civil qui eut l'idée de faire la conquête de l'Algérie, décida le roi à l'appuyer dans le conseil des ministres et vainquit l'opposition systématique des amiraux qui s'opposaient à outrance à cette entreprise. La fermeté de ce ministre fut vraiment merveilleuse. Le récit des épisodes qui précédèrent l'expédition a été écrit par Louis Blanc dans son *Histoire de Dix ans.*

« Le Conseil des ministres, dit l'historien, avait décidé l'expédition d'Alger et cette décision avait occasionné une grande irritation en Angleterre. Lord Stuart, dans des conversations semi-diplomatiques, essaya d'intimider M. de Polignac, président du conseil, et

M. d'Haussez, ministre de la marine. Dans le dialogue qui eut lieu, M. d'Haussez, irrité du ton tranchant de l'ambassadeur anglais, laissa échapper ces mots : « Si vous désirez une « réponse diplomatique, M. le président du « conseil vous la fera. Pour moi, je vous dirai, « *sauf le langage officiel, que nous nous f......* « *de vous.* »

« Mais, de leur côté, les amiraux décla- « raient le débarquement *impossible*, et irri- « taient, sans la déconcerter, l'inexpérience « du ministre de la marine. »

« Poussé à bout, le baron d'Haussez réso- lut de consulter deux capitaines de vaisseau qui, employés au blocus d'Alger, étaient en mesure de donner sur la question des rensei- gnements exacts. Mandés par lui, MM. Gay de Taradel et Dupetit-Thouars affirmèrent que le débarquement était, non seulement prati- cable, mais facile ; et, appuyé sur leur opinion, M. d'Haussez convoqua les amiraux.

« M. Roussin était le seul d'entre eux qui ne se fût pas encore prononcé bien nettement. Quand son tour vint de s'expliquer, il se ran- gea de l'avis de ses collègues, et combattit, sous le rapport maritime, le projet de l'expédition. »

« Alors, tirant un papier de sa poche : « Je regrette, Monsieur, dit le ministre de la marine, que telles soient vos convictions, car je tiens dans mes mains le brevet qui vous créait vice-amiral et vous donnait le commandement de la flotte. » En disant ces mots, le baron d'Haussez mit le papier en lambeaux. Sa résolution était irrévocablement arrêtée. « Pour « commander la flotte, disait-il, si les ami-« raux s'abstiennent, le roi est décidé à « descendre jusqu'à un capitaine de brick, « et, s'il le faut, jusqu'à un enseigne (1). »

« Une seconde réunion eut lieu chez le prince de Polignac.

« L'expédition, contre laquelle l'amiral Jacob avait préparé un discours écrit, ne fut appuyée que par MM. de Taradel, Dupetit-Thouars et Valazé. « Je ne suis pas marin, dit « le général Valazé, mais je ne vois point

---

(1) Par capitaine de brick, M. d'Haussez voulait désigner les lieutenants de vaisseau qui, à cette époque, commandaient des bricks de guerre. (L. C.)

« qu'à aucune époque de l'histoire, les tenta-
« tives du genre de celles qu'on propose aient
« échoué par l'impossibilité du débarque-
« ment. » Cette opinion devait naturellement
prévaloir dans le Conseil. C'est ce qui eut
lieu.

« Mais à qui confier la conduite de la flotte ?
Le général Bourmont, qui prenait le commandement de l'armée de terre, désigna au choix
de M. d'Haussez l'amiral Duperré, alors préfet
maritime à Brest.

« L'amiral Duperré n'eut d'abord aucune
objection à présenter. Mais le lendemain, il
paraissait avoir perdu toute confiance, soit
qu'il eût été influencé, soit qu'il eût mieux
entrevu les difficultés. Il accepta, pourtant,
le commandement. Mais comme son attitude
et ses relations inspiraient aux ministres quelque défiance, le général Bourmont emporta
une ordonnance qui, le cas échéant, lui donnait pleins pouvoirs et sur l'armée de terre et
sur l'armée de mer. »

« Mais les difficultés qu'il eut à vaincre
n'étaient pas finies. Le ministre dut encore
déjouer les intrigues de l'Angleterre. »

« Sur les instigations de celle-ci, la Porte, usant de son droit de suzeraineté, résolut d'envoyer à Alger un pacha chargé de saisir le Bey, de le faire étrangler et d'offrir à la France toute satisfaction possible pour enlever tout prétexte de l'expédition. »

« Tahir-Pacha partit donc pour Alger sur une frégate fournie par les Anglais. Mais le baron d'Haussez, averti à temps, ordonna à la croisière française d'interdire au pacha l'entrée du port. La frégate que montait cet envoyé ayant rencontré un petit bâtiment commandé par l'enseigne Dubruel, cet intrépide officier déclara qu'il ne le laisserait passer qu'après s'être fait couler bas. Tahir-Pacha n'osa poursuivre sa route. Sur ces entrefaites, arriva la flotte française qui le conduisit à Toulon et les menaces du Cabinet de Saint-James finirent là. »

Ce fut ainsi que grâce à l'énergie d'un ministre civil, la France acquit la plus importante de ses colonies et qu'elle commença à relever le prestige de ses armes.

« Qui a relevé notre marine militaire ? dit M. Caffarena, dans son livre déjà cité (p. 216).

« Ce furent trois ministres civils : Machault d'Arnonville, qui fut ministre du 31 juillet 1754 au 1ᵉʳ février 1757, Portal d'Albarèdes du 29 décembre 1818 au 14 décembre 1821, et Ducos, de 1852 au 17 mars 1855. »

« Quels étaient, continue le même auteur, les ministres au pouvoir, à l'époque des principales expéditions maritimes ? Encore des ministres civils.»

« Sans vouloir remonter aux temps de Louis XIV, Louis XV et Louis XVI, sous les règnes desquels vingt et un ministres sur vingt-trois furent des civils, occupons-nous seulement de notre siècle et ne citons que quelques exemples récents, sûrement présents à la mémoire de tous. N'est-ce pas sous le ministère du comte Molé de Champlâtreux, qu'eut lieu l'expédition de Madagascar, en octobre 1818 ? »

« N'est-ce pas sous le ministère du marquis de Clermont-Tonnerre, que l'on arma une flotte de plus de soixante-dix bâtiments, sous les ordres du contre-amiral Duperré, et qu'eut lieu le bombardement de Cadix en octobre 1823 ?

« En 1825, lors de l'émancipation de Saint-Domingue, il fallut une flotte. Qui présida à son armement ? Ce fut Chabrol de Crouzol.

« Lors de l'Indépendance de la Grèce, couronnée par le célèbre combat de Navarin, le 20 octobre 1827, qui était ministre de la marine ? N'était-ce pas un ministre civil, Hyde de Neuville ?

« L'expédition d'Alger fut l'œuvre du baron d'Haussez.

« L'expédition de Crimée eut lieu sous Ducos.

« Les expéditions du Mexique et de Cochinchine, en 1861 et en 1862, n'ont-elles pas eu lieu sous Chasseloup-Laubat ?

« En 1870, au contraire, il y avait un marin à la tête du ministère de la marine. Qu'a-t-on fait ?

« Rien.

« Qu'ont fait nos deux escadres de la mer du Nord, à la tête desquelles se trouvaient, pourtant, des chefs énergiques, courageux et habiles ?

« Rien.

« Pourquoi ne pas leur donner des ordres

que l'on attendait avec impatience, ordres qui auraient été couronnés par un succès certain ?

« Mystère...

« Ah ! d'Haussez et vous Ducos, que n'a-vez-vous été là !

« Et ensuite, sous ce ministre marin, avait-on seulement songé aux choses les plus indispensables ? L'organisation était-elle complète et sur un parfait pied de guerre ? Avait-on présidé à l'armement de notre flotte avec ce soin minutieux que mirent toujours les ministres civils ?

« Que l'on en juge par le fait suivant :

« *Vice-amiral commandant en chef, à Marine.*

« Brest, 27 juillet 1870.

« La majorité de Brest est DÉPOURVUE des « cartes Mer du Nord et Baltique. Il en fau-« drait onze séries... »

(*Papiers secrets des Tuileries.*)

« Que répondre à cela ? Est-ce assez concluant ?

« Donc, ici comme toujours, les ministres civils l'emportent de beaucoup sur les ministres marins ».

V

OPINIONS ET FAITS AU SUJET DE L'ITALIE

—

Non-seulement les histoires d'Angleterre et de France viennent à l'appui de notre thèse, mais on pourrait y ajouter aussi ce que firent les hommes d'Etat américains qui présidèrent aux destinées de la marine. En remontant ensuite à des époques plus éloignées, nous avons les exemples des Vénitiens, des Génois, des Provinces Hollandaises, d'autres villes et d'autres peuples qui, pour diriger les affaires de la marine, choisirent généralement, non pas des officiers, mais des citoyens, ayant donné des preuves de capacité dans la bonne administration des deniers publics.

Cette question n'est pas nouvelle pour l'Italie moderne et le mérite de l'avoir soulevée n'ap-

6

partient pas à des hommes politiques mais
précisément à quelques-uns de nos officiers de
marine. Voici ce qu'a écrit, à ce sujet, un des
officiers les plus distingués de notre marine
de guerre :

« En fait de marine, la plupart des personnes
ont l'habitude de ne songer qu'à la marine
militaire, c'est-à-dire à la flotte — car la marine
de guerre n'est et ne doit être que cela — (1)

(1) Remarque pleine de justesse. Depuis longtemps, à
maintes et à maintes reprises, j'ai soutenu et développé la
même idée.

La marine de guerre française dont l'organisation et la
comptabilité laissent tant à désirer — les débats annuels de
la Chambre ne le démontrent que trop — ne marchera bien
que du jour où on l'aura débarrassée de tous les *impedi-
menta* suivants :

1º L'infanterie et l'artillerie de la marine ; 2º la marine
marchande ; 3º les colonies ; 4º certains ports et tous les
établissements hors des ports. En d'autres termes, il faut
que la marine de guerre ne comprenne que la *flotte*, un
nombre restreint de ports militaires, et tout ce qui a trait à
la défense des côtes, si négligée jusqu'à ce jour !

Ramenée à ces limites naturelles, le rôle de la marine
militaire entrerait alors dans toute la plénitude de son
efficacité.

Est-il besoin de démontrer que la multiplicité et la diver-
gence de tant de spécialités, qui constituent aujourd'hui le
département de la marine, empêchent le ministre de s'occuper avec soin des intérêts de chacune d'elles? De là, un malaise

et elles oublient la marine marchande, les industries navales, le commerce maritime, la pêche, les travaux des ports, les intérêts et

général, un service qui souffre, enfin, une défectueuse administration !

Sans entrer dans de trop longs détails voici ce qu'il y aurait à faire :

Rendre au ministère de la guerre toutes les troupes de la marine qui n'ont plus *de raison d'être* dans la flotte, attendu qu'elles ont été depuis longtemps remplacées par les matelots canonniers et les matelots fusiliers ; créer ensuite un ministère de la marine marchande et des colonies. Ce ministère fonctionne avec avantage en Angleterre, en Hollande et en Espagne. Pourquoi n'en serait-il pas de même en France ? Et enfin, concentrer dans deux ou trois ports militaires *au plus*, les plus grandes ressources perfectionnées de l'art naval et la fabrication des engins de guerre.

Au point de vue des troupes destinées aux garnisons des colonies, on procéderait comme en Angleterre. Dans ce pays, les troupes envoyées aux colonies dépendent du département de la guerre. Sur la demande du ministre des colonies, la guerre fournit le contingent de troupes demandé, et l'Amirauté les navires nécessaires pour en effectuer le transport. N'est-ce pas le système actuellement employé pour ce qui concerne l'Algérie ?

Le jour où l'on adoptera ce système, les choses seront bien simplifiées. Toutes les complications actuelles disparaîtront, et la France pourra enfin voir clair dans son budget de la marine. Ne vaut-il pas mieux, en effet, avoir deux ministères distincts donnant tous les résultats que le pays est en droit d'attendre, que d'en avoir un seul aussi onéreusement compliqué et aussi insuffisant ? — (L. CAFFARENA).

les besoins spéciaux des villes maritimes, des
iles, des côtes, de leurs populations qui forment la base, l'importance, le but et la raison
d'être de la marine de guerre. Elle doit corres-
pondre et être proportionnée à ces éléments
qui exigent les plus grands soins. Sinon, soit
qu'elle pêche par défaut ou par excès, soit
qu'elle pêche par négligence ou par incurie,
elle entraîne la ruine de l'Etat. »

« Il me semble donc évident que la marine,
au lieu d'être une seule spécialité, est la réunion de plusieurs spécialités homogènes mais
cependant bien distinctes, et que la spécialité
de la marine de guerre est aussi étrangère aux
autres, que les autres le sont à elle, n'ayant
de commun entre elles que leur économie
générale et la raison d'Etat.

« Dès lors, ne voulant ou ne pouvant la divi-
ser dans ses parties principales, ainsi que je le
voudrais, il arrive forcément que le choix d'un
chef suprême, d'un ministre de la marine doit
tomber sur un homme d'Etat. »

« Me voici donc en opposition avec ces officiers de la marine militaire qui, concentrant
toute la marine dans la marine de guerre,

voudraient pour ministre un de leurs amiraux ;
avec tous ceux qui, ne voyant dans la marine
qu'une force militaire, voudraient que le ministère de la marine fut uni à celui de la guerre ;
avec tout l'élément commercial et industriel
qui, ayant conscience de sa propre importance
et des intérêts immenses qu'il représente, voudrait un commerçant, un armateur, un chef
d'industrie maritime ; enfin, avec tous ceux
qui, induits en erreur par les phrases sonores
des spécialistes, croient que la marine est quelque chose de mystérieux et d'étranger à l'administration.

« Toutes ces opinions ont le défaut commun
à toutes les opinions exclusives, et en jugeant
par voie d'analogie, elles imposeraient invaria-
blement et nécessairement au ministère des
finances un banquier, à celui du commerce un
négociant, à celui des cultes un prêtre, à l'instruction un rhéteur, à la justice un juge. Chacun d'eux gouvernerait ainsi l'Etat à son
point de vue personnel ; les employés respec-
tifs seraient probablement contents ; mais je
craindrais pour le salut de l'Etat. » . . . . .

. . . .

« Les officiers de la marine de guerre veulent un ministre pris parmi eux, d'abord par orgueil, ensuite parce qu'ils croient de bonne foi et par habitude que la marine de guerre renferme en elle-même tous ou presque tous les intérêts maritimes de l'Etat. Instinctivement et sans s'en douter, ils sentent que si quelque partie était laissée de côté ou négligée, ce ne serait certainement pas celle à laquelle ils appartiennent et que leurs intérêts seraient défendus par esprit de solidarité. Quelquefois, cependant, ils se trompent cruellement. »

« Ils veulent une grande flotte. Moi aussi, je la veux, parce que l'Italie en a besoin. Mais, sauf erreur de ma part, nous ne l'aurons pas, tant qu'il n'y aura que les amiraux qui la demanderont. *Nous l'aurons, au contraire, lorsque le pouvoir civil se persuadera par lui-même qu'elle est nécessaire et lorsque tous les hommes politiques s'occuperont des intérêts maritimes en connaissance de cause* (1). »

(1) C'est le seul moyen pour un pays d'avoir une marine marchande florissante et une forte marine de guerre.

Il est inutile d'ajouter des commentaires à ces paroles si claires et si vigoureuses. Elles renferment et elles résument les principales maximes développées devant le Parlement anglais ainsi que les idées exprimées par les publications françaises.

Il y a un point cependant où l'auteur de cette étude ne partage pas l'opinion ci-dessus indiquée. C'est au sujet de la séparation possible de la marine marchande de la marine militaire.

L'auteur ne sait que trop que c'est là une question actuelle dont on parle beaucoup, surtout depuis les idées nouvellement émises en France. Il sait que les chambres de commerce, à l'exception de celle de Venise, désirent le

---

A quoi est due la bonne administration de la marine en Angleterre ? A deux choses :

D'abord, parce que l'élément civil est à la tête de la marine. Ensuite, parce que le pouvoir civil, c'est-à-dire les lords, les députés s'occupent d'une façon sérieuse et tout-à-fait spéciale des grandes questions maritimes.

Chez nous, quelle différence ! Combien peu de personnes, combien peu de nos représentants, même des départements maritimes, s'occupent de ces questions vitales et importantes au plus haut degré! (LOUIS CAFFARENA).

passage de la marine marchande au ministère de l'agriculture et du commerce; mais,
quoique le courant de l'opinion se dirige dans
ce sens, l'auteur n'hésite pas à affirmer que,
selon sa conviction profonde, une telle séparation serait nuisible aux deux marines et ten-
drait toujours davantage à rendre inutile
l'une et à laisser dépérir l'autre.

Si nous examinons toutes les périodes historiques, sans exception, nous trouvons que
la marine marchande est née avant la marine
militaire, c'est-à-dire que la protection, le
développement et la défense de la première ont
engendré la seconde. Elles furent indissolu-
blement unies pendant de longues années, la
marine de guerre recrutant tout son personnel
dans la marine marchande, ainsi que cela se
fait encore aujourd'hui pour les équipages.

Les deux marines sont entre elles comme
la mère et la fille. Mais ceci ne serait encore
rien à côté de ce fait également vrai de leur
indissolubilité morale, duquel il résulte que
l'une ne saurait exister longtemps sans
l'autre.

Leurs attributions différentes exigent qu'elles soient distinctes, mais jamais séparées. Aujourd'hui, qu'en voulant trop distinguer nous nous approchons de la séparation, nous commençons déjà à voir la décadence de la marine marchande et le peu de services que rend la marine militaire. Il est dans la nature des choses que les deux marines doivent s'aider et même se donner la vie mutuellement. Tout ce qui tend à troubler l'harmonie de leurs rapports et de leur union est nuisible à toutes deux.

Otez à un pays la marine marchande et personne, assurément, ne croira qu'une marine militaire puisse subsister longtemps. Ce n'est pas pour cette dernière qu'il y a les ports, les phares, les docks, les villes maritimes, etc. Après avoir pourvu à la défense du littoral, ce qui pourrait s'obtenir — surtout avec les inventions modernes, — à l'aide des moyens efficaces et moins coûteux qu'une flotte, il n'y aurait pas besoin d'autres choses. Mais l'existence d'une flotte est nécessaire à l'Etat à cause de l'ensemble des faits et des choses qui résultent de la marine marchande. C'est pour la même raison, et cela est encore plus évident, que la marine marchande a besoin d'une flotte en temps de paix et en temps de guerre et peut-être même encore plus en temps de paix qu'en temps de guerre.

Mais, dira-t-on, il ne s'agit pas ici de supprimer la marine marchande, mais de la séparer de la marine de guerre afin qu'elle en retire de plus grands avantages.

Belle découverte en vérité ! Si actuellement, qu'elles dépendent toutes les deux d'un même ministre, on ne peut obtenir de l'entente, une aide et une protection efficace, sera-t-il possible de les obtenir quand le ministre de la flotte ne sera plus obligé de s'occuper de la marine marchande ? Quand on l'aura dégagé de toute responsabilité, quand au lieu de l'unité de commandement, on aura deux autorités indépendantes qui donneront des ordres différents ! Le dualisme ne se fait déjà que trop sentir aujourd'hui, que les deux marines dépendent d'un seul chef, et il n'est pas possible d'admettre qu'il cesserait s'il y avait de nouveaux éléments entretenant la discorde. Ce serait raisonner à faux et tuer pour guérir.

Quels moyens aurait un ministre d'agriculture pour mieux protéger le commerce maritime, si ce n'est de recourir au ministre de la flotte? Il devrait faire tous ses efforts pour rester étroitement uni à lui et invoquer continuellement son assistance. Est-il logique de séparer pour obtenir l'union ? La chambre de commerce de Venise a raison de ne pas être d'accord avec celles des autres villes d'Italie. Elle prouve qu'elle conserve les bonnes traditions maritimes qui ont illustré jadis cette glorieuse cité.

Ce qu'il faut, ce n'est pas la séparation de la marine, mais un homme politique qui sache s'occuper des deux ; un homme synthétique et non un spécialiste; un homme d'Etat et non un homme technique.

C'est là le seul remède. Hors de celui-là, il n'y en a pas d'autre.

Des auteurs distingués ont écrit longuement sur la décadence de notre marine marchande. Les uns l'ont attribuée aux impôts, et c'est la grande majorité. Les autres à la transformation de la navigation à voile à la vapeur ; d'autres la font dépendre des lignes de chemin de

fer du littoral, d'autres du manque de capi-
taux et ainsi de suite. Toutes ces causes sont
des coefficients qui ont leur poids dans la
balance des harmonies économiques ; mais
elles ne sont pas la cause principale de la décadence. La cause principale se trouve dans
la décadence de notre marine de guerre qui ne
navigue plus ou fort peu (1), n'ouvre pas de
nouvelles voies, ne fréquente pas les ancien-
nes, n'éclaire pas la route au commerce, ne
soutient pas le commerçant lointain par sa
présence, ne donne pas aux établissements
nouveaux l'appui matériel et la force morale
pour soutenir la concurrence avec les autres
nations. Nos entreprises lointaines sont autant
de fleurs qui se flétrissent avant d'avoir pu
donner des fruits, parce qu'elles ne sont pas
soutenues par la force qui les aide à accomplir
cette évolution qui est propre à toutes les choses humaines.

(1) En France également. Quelle différence entre la navigation que l'on fait aujourd'hui et celle que l'on faisait jadis,
en 1839, par exemple, en 1840, 1843 et 1845, sous les amiraux Lalande, Hugon et La Susse ! (LOUIS CAFFARENA.)

Inutile donc de le cacher, la grande coupable de la décadence de notre marine marchande c'est la marine de guerre, ou pour mieux dire, son administration. Toute occupée à se pourvoir de grandes machines de guerre avec de petits moyens, elle est entrée dans le plus fort de la mêlée des nouvelles inventions que la science adopte aujourd'hui et abandonne demain (1), et elle oublie ses obligations incessantes de la paix qui, au bout du compte, lui donneraient la puissance et la force pour le jour du combat.

Veut-on des preuves ? En voici quelques-unes choisies entre mille que l'on pourrait citer.

C'est le général Bixio, — le vaillant soldat, citoyen bien méritant de la patrie, dont la mort prématurée fut une grande perte et une grande douleur pour les patriotes qui aiment leur pays, — qui parle au Sénat dans la séance du 30 mars 1871.

---

(1) Hélas ! il en est de même en France, en Angleterre et dans tous les pays. On est à se demander jusqu'à quel point on poussera la lutte entre la cuirasse et le canon ! (Louis Caffarena.)

« Au mois de mai 1867, dit-il, le Père Jean Stella, originaire d'Asti, qui depuis dix-sept ans se trouvait au pays des Bogos, à Kéren, en qualité de directeur de la mission, fondait, avec M. Pompée Zucchi, de Cuneo et leurs compagnons, une colonie agricole-commerciale à Sciotel, près de Kéren (1). L'histoire de cette tentative est celle d'un des nombreux et douloureux épisodes que je veux vous rappeler ici.

« Le gouvernement doit savoir de quelle manière ont eu lieu les malheurs de Sciotel. Le gouvernement expédia là-bas le commandant Bertelli avec l'*Ettore Fieramosca* vers les premiers jours du mois de mars 1868, dans le but de visiter l'ancien port de Bendal et de reconnaître le territoire de Sciotel. Mais, tandis que ce commandant était sur le point d'aller à Kéren, il fut subitement rappelé à Florence. Il paraît que le gouvernement italien n'a plus donné signe de vie, ni au moyen d'un envoyé, ni par correspon-

(1) Le pays des Bogos, entre la Nubie et l'Abyssinie, contrées situées le long de la mer Rouge. (L. C.)

dance ! Aujourd'hui, la colonie de Sciotél n'est plus qu'un douloureux souvenir. Le Père Stella est mort de chagrin. Zucchi est mort, dès le début, d'une violente dyssenterie ; la colonie a été dispersée, et, parmi les colons, les uns sont morts en prison et les autres, envoyés en exil ! »

Quel était à cette époque, le ministre de la marine ?

Etait-ce un civil ou un officier de marine ?

Voyez l'annuaire de 1868.

Le lendemain, c'est-à-dire le 31 mars, le général Bixio ajoutait :

« Il nous faut des stations navales, des stations commerciales, où la sûreté personnelle et la liberté du commerce soient garanties par les lois et les forces de l'Etat.»

Arrivons à un second exemple.

Tout le monde se souvient des vives espérances que l'Italie avait conçues lors du percement de l'isthme de Suez. A la fin de l'année 1879, le vice-consul d'Italie, à Port-Saïd, envoya un rapport duquel il résulte que depuis l'ouverture du canal jusqu'au 31 décembre 1878, 8007 navires anglais, 445 italiens et 482 autri-

chiens étaient passés par le canal ; différence :
37 navires autrichiens de plus que les Italiens !

« M. Boccard, vice-consul d'Italie à Port-
Saïd, dit également : « Dans ces deux dernières
années, aucun navire italien à voiles n'est
passé par le canal. Le dernier qui a fait l'es-
sai, a été le brick *Saint-Michel*, jaugeant 224
tonneaux, venant de Gênes, avec un chargement de diverses marchandises, à destination
de Rangon. Il est passé le 2 juillet 1877 et
n'est plus revenu par la même route. . . . . .
. . . .
. . . .

Voilà les fruits que l'on recueille du percement de l'isthme de Suez. On en fera retomber
la faute sur les pauvres voiliers : mais on devrait
la rejeter sur ceux qui n'ont rien fait et qui ne
font rien. Depuis l'ouverture du canal jusqu'à
la fin de l'année 1878, combien de navires de
guerre italiens sont-ils passés par le canal ?
On ne le croirait pas, si ce n'était écrit dans un
rapport officiel. Il en est passé 6, c'est-à-dire à
raison d'environ deux-tiers de navire par an !!

Et quels navires ? Quatre corvettes et deux
avisos, qui même n'ont fait que passer !

Si les ministres de la marine aidaient les pauvres voiliers, comme leur devoir serait de le faire, ces derniers ne se trouveraient pas dans la déplorable nécessité d'abandonner le passage du canal et de se voir fermée, par là, une des principales régions commerciales ou d'y arriver par l'ancienne route du cap de Bonne-Espérance, à leurs grands détriments.

Mais la marine militaire ne pense qu'à la guerre ; par suite, la marine marchande dépérit, souffre et la nation avec elle.

Quels furent les ministres de la marine depuis le mois de janvier 1870 jusqu'en décembre 1878 ? — Etaient-ce des civils ou des militaires, des hommes politiques ou des hommes techniques ?

Consultez l'annuaire.

Faut-il continuer à citer des exemples ? Que le lecteur nous permette d'en indiquer encore un. Ce n'est pas ici un général qui parle, ni un consul, mais un officier de la marine de guerre qui publia, en 1877, un livre intitulé : *Deux ans à bord de la Vittor Pisani.*

On lit, à la page 281 :« Dans un précédent séjour de deux ans à la Plata, j'avais remonté

les fleuves pendant cette station. J'avais été touché de rencontrer, dans ces contrées, un grand nombre d'Italiens, et ce qui m'avait fait plaisir c'était de voir continuellement le pavillon italien dans ces rades et sur ces fleuves. Le petit cabotage sur tous les fleuves tributaires de la Plata — qui est fait par des milliers de goëlettes — était entièrement fait par les Italiens. De retour à la Plata, après trois ans et demi d'absence, quelle ne fut pas ma surprise en voyant presque toutes les goëlettes sous pavillon Argentin et Uruguayen !...

Jadis, quand l'Italie n'était pas encore bien formée, tous les patrons des goëlettes — génois pour la plupart — battaient pavillon italien sans être soumis aux lois qui obligent le navire battant pavillon national à avoir au moins les deux tiers de l'équipage italien. Mais une fois que la nation eût été formée et que toutes les branches multiples de l'administration eurent été organisées, on obligea ceux qui portaient pavillon italien à se soumettre aux conditions prescrites. Mais voici où est la difficulté. Les individus nés en Amérique, quoique italiens par le cœur, quoique parlant l'italien, n'étant pas inscrits au consulat, ne sont pas considérés comme sujets italiens. Ceux qui ne sont pas inscrits maritimes ne sont pas comptés comme marins italiens ; enfin, les déserteurs ne sauraient être protégés par le pavillon tricolore. Comment donc aurait-il été possible de former les équipages conformément à la loi ! Les capitaines, à regret, changèrent de pavillon. J'ignore si la chose est possible, si elle est convenable, mais je crois qu'une loi exceptionnelle pour les goëlettes de la Plata serait un bienfait économique et moral pour l'Italie. Tous ces émigrants, quoique éloignés de leur patrie, n'oublient pas leurs familles et ils envoient chaque année, en Italie, plusieurs millions de francs. J'espère qu'un jour on y songera et que nous verrons de nouveau flotter, à la Plata et dans le centre de l'Amérique méridionale, nos innombrables pavillons. »

Non, malheureusement, les souhaits raisonnables de ce jeune officier, dans les écrits duquel on sent palpiter une âme italienne, n'ont pas été exaucés et ils ne le seront pas si l'on continue de la sorte. Ce n'est pas avec le règlement à la main que l'on a fait l'Italie. Ce n'est pas avec le règlement qu'on a accueilli les nombreux jeunes gens qui combattirent dans nos guerres nationales. Et ce ne sera pas avec les rigueurs des règlements que nous pourrons renforcer les liens délicats existant entre nous et ces Italiens qui, à défaut d'autres débouchés, vont à l'étranger renforcer d'autres nations.

« L'unique station que nous ayons est celle de la Plata » disait le général Bixio au Sénat, et cette dernière qui nous reste, au lieu de servir à resserrer toujours davantage les liens avec la mère-patrie, ne fait que lui nuire et la désagréger. Je ne dis pas que l'on permette à des déserteurs ou à des gens sans aveu de se couvrir du pavillon national ; mais il ne faut pas non plus confondre avec ceux-là plusieurs milliers d'Italiens qui tendent avec affection leurs regards vers le pays natal et qui ne voudraient pas appartenir à des étrangers.

Mais leurs vœux sont repoussés.

La nation y perd, mais le règlement triomphe et l'on ne pense pas à en faire un autre.

Notre marine marchande se trouve dans de

tristes conditions parce que son champ d'activité a toujours été en diminuant. Les points traditionnels du commerce italien ont été presque tous occupés par d'autres. Il n'y en a pas de nouveaux ; la protection manque, l'initiative est nulle, l'activité a disparu, la vie a cessé partout et sur ce grand champ de mort, pareil à l'orfraie dans le cimetière, le règlement règne en souverain maître !

A quels ministres doit-on attribuer ce qui est arrivé à la Plata ?

Est-ce à des ministres civils ou à des officiers de marine ?

La *Vittor Pisani* est partie pour le voyage dont il est question le 14 juin 1874.

L'annuaire dira le reste.

VI

DEUX HOMMES POLITIQUES, MINISTRES DE LA MARINE ITALIENNE :

Le Comte de Cavour et Augustin Depretis.

—

LE COMTE DE CAVOUR.

Le premier ministre de la marine, en Italie, depuis la proclamation de son unité et de son indépendance, fut un civil, le comte Benso de Cavour.

Le nom de cet éminentissime homme d'Etat, qui contribua tant à la réussite des événements qui couronnèrent des aspirations séculaires, est, en effet, le premier inscrit sur la liste des ministres de la marine.

L'auteur de cette étude n'a certainement

pas l'intention de démontrer combien le comte de Cavour a réussi comme ministre de la marine ; d'abord, parce que c'est un fait notoire et ensuite parce que l'on pourrait objecter qu'il n'est pas juste d'établir une comparaison entre cet homme supérieur et les hommes techniques qui, après lui, dirigèrent le ministère de la marine. Ce serait une contradiction avec ce que l'auteur a dit dès le début, c'est-à-dire que l'on ne doit pas accepter comme une règle générale des capacités exceptionnelles dont quelques hommes sont providentiellement doués.

Cependant, il est utile de parler de cette époque parce qu'il s'agit d'une gloire nationale qui, de toute façon, confirme la thèse soutenue dans ces pages et principalement afin d'appeler l'attention du lecteur sur un fait remarquable dont tout le monde se souvient, mais que, peut-être, peu de personnes savent rattacher à sa véritable cause.

Pendant l'administration du comte de Cavour, la marine militaire joua un rôle important dans les événements qui complétèrent notre unité, et les mêmes hommes qui, dirigés par lui, obtinrent d'heureux résultats ne réussirent qu'à des catastrophes lorsque son haut esprit directeur vint à leur faire défaut.

Quelques-uns par intuition devinaient ce fait; mais les preuves n'existaient pas. On eut ces preuves par la publication que fit le comte Persano de son journal particulier, dans lequel on lit les ordres, les instructions, les lettres que le ministre de la marine, homme politique, envoyait à la flotte. Ce mémoire prend les caractères d'une révélation au sujet de ce que fit le comte de Cavour par rapport à la marine, et, peut-être bien, celui qui le publiait ne s'attendait pas à produire l'impression qu'il a produite. Dans les mains de ce ministre, notre flotte devient un instrument de guerre efficace et, selon les nécessités, elle se change en un moyen pour faire naître des combinaisons politiques. Aujourd'hui, elle s'apprête au combat, demain elle sera un emblème de concorde et de paix. Tantôt, elle sert comme garantie d'ordre, tantôt elle se change en un centre et en une force qui concourent à de puissantes révolutions.

C'est un changement perpétuel suivant les

exigences ; c'est une fantasmagorie continuelle.
Il ne semble pas possible qu'une flotte puisse
servir à des buts aussi multiples et aussi opposés ; mais l'homme politique voit tout, dirige
tout. Rien ne lui échappe, depuis les desseins
grandioses jusqu'aux minutieuses précautions.
La marine militaire aux mains du comte de
Cavour fut la force qui contrebalança dans les
Provinces méridionales l'action un peu désor-
donnée de la brillante et rapide entreprise du
général Garibaldi.

C'est à notre marine, dirigée de la sorte,
que nous devons surtout ce fait très-important,
que le mouvement insurrectionnel du midi
marcha vers l'unité.

Certainement, le patriotisme du général Garibaldi et celui des populations méridionales
rendirent la tâche moins difficile ; par suite,
les projets et l'habileté du ministre de la marine
purent plus facilement faire face aux obstacles
suscités par le gouvernement de Bourbon et
surtout empêcher que d'autres puissances
n'intervinssent dans ce mouvement. En effet,
Cavour eut à se défendre contre tous les gouvernements. D'abord, contre l'Autriche qui

voulait incorporer dans sa flotte la flotte napolitaine ; ensuite, contre l'Angleterre qui avait l'air de vouloir occuper les forts de Castellamare ; enfin contre la France, dont la flotte s'était placée entre notre escadre et Gaëte pour empêcher que celle-ci ne fût bombardée.

Le commandant de la flotte était littéralement conduit par la main. C'est ainsi que d'amiral il devient diplomate, de diplomate médiateur ; ensuite on le voit changé en conspirateur pour redevenir amiral, selon les ordres qu'il reçoit de Turin.

L'exécution fut-elle bonne ? Les résultats sembleraient le prouver.

Le comte de Cavour commence par recommander à l'amiral d'exercer l'escadre. En effet, il lui écrivait le 14 mai 1860 : « Conformément « aux premières instructions, vous exercerez « l'escadre à des évolutions en mer et à l'artil- « lerie » — Et le 1er juin : « Continuez à exercer « activement l'escadre dans le but de l'avoir « prête à l'occasion pour les entreprises les « plus hardies. »

De telles recommandations paraîtront naturelles. Mais quand on pense que dans la première moitié de l'année 1866, malgré les leçons et l'expérience des années 1860 et 1861, elles furent presque totalement oubliées, il y a lieu d'admirer le comte de Cavour qui, bien qu'occupé d'une infinité de très graves affaires, n'oubliait pas les instructions les plus détaillées pour le commandant de la flotte.

Le 1er juin il écrivait à Persano : « Quelques « officiers de la marine napolitaine ayant expri- « mé à M. le marquis d'Aste des sentiments « italiens, j'ai donné l'ordre à cet officier, par « télégraphe, d'encourager ces sentiments et « de continuer les pourparlers commencés, en « lui donnant la faculté de promettre à ceux « qui se feraient les promoteurs d'un pronun- « ciamento, des grades et des promotions « avantageuses. Je viens de confirmer ces « ordres par une lettre dont je vous envoie « ci-joint une copie. »

« Dans le cas où les pourparlers pren- « draient une bonne tournure, et où il s'agi- « rait d'établir de quelle manière devrait avoir « lieu le pronunciamento que l'on désire, vous « tâcherez de seconder l'action du marquis « d'Aste en vous transportant, s'il est néces-

« saire, avec l'escadre, afin de rendre possible,
« sinon facile, la réunion de l'escadre napo-
« litaine à la nôtre. » — *(Journal de Persano,*
page 28.)

Le 28 juin il écrit : « Par rapport aux affai-
« res intérieures, abstenez-vous de vous en
« mêler. Si le général Garibaldi ne veut pas
« l'annexion immédiate, laissez-le libre d'agir
« à sa guise. »

Le comte de Cavour met le comte de Persano
en rapport avec les hommes politiques et lui
en envoie d'autres pour conférer avec lui. Il
l'avertit de la possibilité et surtout du but
auquel il doit tendre et il lui indique même la
manière d'accomplir certains actes.

« Par télégramme d'aujourd'hui, écrit le
« gouverneur de Cagliari au comte de Per-
« sano, — (25 juin 1860) — Son Excellence le
« comte de Cavour me charge de vous faire
« savoir *sans retard* que vous êtes autorisé à
« débarquer les deux canons de quatre-vingt
« que le général Garibaldi lui a demandés. Je
« vous recommande que l'opération soit accom-
« plie la nuit avec la plus grande circonspec-
« tion. »

Dans une autre lettre, ce même gouverneur annonce à l'amiral que le ministre désire voir l'expédition Cosenz arriver à bon port et l'escadre prendre les dispositions nécessaires dans ce but.

« Veillez, amiral, — écrit le ministre le 18 —
« car les moments sont suprêmes. Il s'agit
« d'accomplir la plus *grande entreprise* des
« temps modernes en sauvant l'Italie des
« étrangers, des mauvais principes et des
« fous. »

Le 3 avril, le ministre écrit : « Prudence et
« audace, amiral, nous approchons de la
« crise. » Et il finit : « Je vous renouvelle
« l'invitation de tenir l'escadre réunie, de façon
« à pouvoir l'envoyer à Naples dans peu de
« temps. »

Dans une autre circonstance il lui télégraphie : « Empêchez à tout prix que la flotte
« napolitaine ne passe à l'Autriche. Si cela
« arrivait, la glorieuse expédition, que l'on va
« vous confier, deviendrait impossible. »

Il lui envoie ensuite les plans des forteresses de l'ex-royaume de Naples. Il donne des ordres sur la façon d'agir et sur les lieux où doivent aller les navires. Il envoie des troupes de débarquement, des marins, des canons et d'autres navires.

Cavour loue, blâme, pousse, hâte, retient, prévoit et pourvoit. L'amiral, ainsi dirigé et conduit, aide Garibaldi, maintient de bons rapports avec lui, déroute les efforts du Bourbon, reçoit le serment de la flotte napolitaine et se prépare à la glorieuse expédition qui fut la prise d'Ancône.

Cette expédition savamment combinée, pour réunir l'Italie du nord à celle du midi, était caressée depuis longtemps par le grand homme d'Etat. L'armée y gagnera des victoires glorieuses, mais la flotte, aussi, aura une grande part de gloire. Tenir haut la renommée de la marine militaire, la faire participer à l'action générale, l'arracher à son isolement, tel est le but du grand homme d'Etat. Avec quelle diligence ne suit-il pas les mouvements de l'armée ? Quels conseils ne donne-t-il pas à son chef ? Comme ses instructions sont précises et détaillées et combien ses ordres sont clairs ?

La flotte combat, sinon toute, du moins en

partie. La flotte est victorieuse. L'écho de la victoire se répand dans toute l'Europe. Le ministre vigilant qui a conduit tant de fils au nœud de l'unité se met dans la pénombre et laisse la gloire, qui lui reviendrait, à ceux qui exécutent ses ordres.

L'amiral appelé à la capitale raconte, à la page 323 de son journal, la visite qu'il fit au ministre :

« Soyez le bienvenu, Persano, lui dit le comte de Cavour. Asseyez-vous ici, en face de moi. Bravo, bravo, bravo ! »

« A cette exorde, écrit l'amiral, je restai
« muet sous l'impression de cette bienveillan-
« ce. Mais mon silence et mon regard d'admi-
« ration lui disaient : *l'homme habile, c'est*
« *vous, et fameux encore ! Quant à nous, nous*
« *ne sommes que les exécuteurs fidèles de vos*
« *vastes desseins, voilà tout.* »

« Il dut me comprendre, car il me serra la
« main. »

C'est un aveu d'honnête homme, mais il aurait mieux fait de le lui dire et non pas seulement de le penser.

Cavour n'est pas encore satisfait. Il veut

honorer la flotte dans la personne de celui qui la commandait.

Quand Persano se présente à la Chambre des députés, dont il était membre, il est accueilli par une salve d'applaudissements.

Lorsqu'il sort, une foule réunie sur la place Carignan renouvelle les acclamations.

Sous le péristyle de la Chambre, le comte de Persano rencontre Maxime d'Azeglio.

« — Ah ! mon cher Maxime, s'écrie l'amiral, « je n'ai pas su exprimer ce que je pensais de « Cavour.

« — Mais que voulais-tu dire ?

« — Je voulais dire que c'était lui et non pas moi qu'il fallait applaudir.

« — C'était une bonne idée, lui répondit Maxime d'Azeglio, et elle aurait produit un bon effet. »

En se reportant à cette époque, on respire. On sent que l'on a une flotte. On la voit agir ; on peut en être fier. Il n'y eut pas de grandes batailles, mais l'honneur national resta satisfait, parce que l'on pensait que c'étaient là les préliminaires qui devaient rattacher la marine moderne à la marine ancienne.

8

Malheureusement, après la mort du comte de Cavour, la scène change. Les hommes techniques se succèdent et la marine, quoique agrandie, et bien que des personnes distinguées en fassent partie, n'est plus la même. L'étincelle de génie qui l'illuminait ne l'anime plus.

Près d'une tombe sur laquelle coulèrent les larmes de plusieurs millions d'Italiens, une autre tombe s'est ouverte : ce fut celle de la marine italienne.

Hélas ! quand donc viendra l'homme capable de la ressusciter ?

AUGUSTIN DEPRETIS

Il est nécessaire de répondre ici à une objection plus d'une fois mise en avant.

Vous voulez, dit-on, un homme politique à la tête de la marine et non un homme technique. Votre thèse est insoutenable, et cela est si vrai que c'étaient précisément des hommes politiques qui dirigeaient la marine quand l'Italie eut la douleur de voir sa flotte vaincue par une flotte inférieure, sous le rapport du nombre et de la qualité.

L'auteur de cette étude se serait très-volontiers dispensé d'examiner des faits récents et de raviver des plaies qui ne sont pas encore fermées. Mais comme l'objection parait à première vue très-puissante, il faut bien en parler. On en parlera le moins possible ; l'on dira seulement l'indispensable pour démontrer que l'objection ne tient pas debout et que même, elle vient à l'appui de la thèse développée dans cette étude.

Comme on le sait, la bataille de Lissa eut lieu le 20 juillet 1866.

A quel moment le ministre Depretis prit-il la direction du ministère de la marine ? — Le 20 juin 1866, c'est-à-dire *un mois* avant la bataille.

Quels avaient été les ministres de la marine avant lui ?

Du 20 juin 1866 au 21 décembre 1864, il y eut un lieutenant général d'armée.

Du 21 décembre 1864 au 24 septembre de la même année, un général d'armée.

Du 24 septembre 1864 au 22 avril 1863, un major général d'armée.

Du 22 avril 1863 au 25 janvier de la même année, un vice-amiral.

Du 25 janvier 1863 au 22 du même mois et de la même année, un lieutenant général d'armée.

Du 22 janvier 1863 au 8 décembre 1862, un capitaine de vaisseau.

Du 8 décembre 1862 au 3 mars de la même année, un vice-amiral, lequel pendant son ministère jugea qu'il devait être nommé amiral. Il le fut et, en raison de son grade, il commanda la flotte à Lissa.

Les hommes qui précédèrent l'honorable M. Depretis au ministère de la marine sont sans doute des hommes respectables et même quelques-uns chers à l'Italie par leurs mérites spéciaux. Mais on ne peut nier :

1° Que les prédécesseurs de l'homme politique étaient des hommes spéciaux ;

2° Que l'homme politique prit la direction du ministère un mois seulement avant la bataille de Lissa ;

3° Que le 20 juin, quand M. Depretis prit le ministère, les hostilités avaient commencé, et que le commandant de la flotte avait été déjà nommé par décret du 3 mai 1866.

Comme on l'a vu plus haut, lord North à la Chambre des communes anglaises, s'adressant au ministre de la marine de l'époque, à propos de la victoire du 12 avril 1782, lui dit : il est vrai que vous avez vaincu, mais vous avez combattu avec les troupes de Philippe, c'est-à-dire que vous avez vaincu grâce aux sages et habiles préparatifs de lord Sandwich, votre prédécesseur. Ici, le cas est tout à fait opposé parce que le ministre politique, en prenant le pouvoir peu de jours seulement avant la débâcle et quand les hostilités étaient ouvertes, dut combattre avec les troupes et subir les dispositions déjà prises par ses prédécesseurs.

Ceci en thèse générale, mais le sujet exige un examen plus approfondi. Dans le fort volume du procès Persano, nous avons une série de documents précieux relativement à l'administration de l'homme politique (Depretis) pour la période pendant laquelle il dirigea le ministère de la marine. Ce volume dont l'importance historique augmente à mesure que les faits dont il s'agit s'éloignent de nous, raconte avec une exactitude irréfutable, jour par jour, non-seulement les événements, mais aussi ce qui a été dit, écrit et même pensé dans ce temps-là.

La question qui se présente naturellement est la suivante :

Dans quelles conditions se trouvait la flotte le 20 juin, lorsque l'homme politique arriva au pouvoir ?

L'amiral Persano, à la date du 3 mai, écrivait au prédécesseur de l'honorable M. Depretis, le général Angioletti :

« .... Deux des principaux navires de la flotte placée sous mon commandement viennent d'arriver. Je trouve qu'il leur manque les deux tiers du nombre réglementaire des sous-officiers et qu'il n'y a qu'UN canonnier sur les 160 qu'ils devraient avoir d'après le règlement, et que, par dessus le marché, leurs équipages se composent de recrues manquant complétement de toute instruction militaire. »

« C'est pourquoi, je prie Votre Excellence de venir à mon aide. Je signale le mal et j'indique les moyens d'y porter remède. Votre Excellence répond à tout cela que tout le monde a fait son devoir et que l'armée aussi a son effectif incomplet. Elle ajoute que de pareils inconvénients sont inévitables lorsqu'il s'agit de doubler, de tripler les forces actives. »

« Je ne puis à la rigueur dire que quelqu'un ait manqué à son devoir ; mais je me borne à répéter que l'on devait tout sacrifier dans le but de renforcer la flotte, parce qu'elle devait combattre. »

« J'ignore les conditions où se trouve l'armée, mais ce que je sais c'est qu'on ne peut lui donner des batteries sans les hommes du métier pour les conduire et les manœuvrer, sinon elles n'arriveraient jamais à l'armée. Tandis que l'artillerie des navires, une fois embarquée, arrive sur le champ de l'action, transportée par les navires sur lesquels elle doit servir, lors même qu'il n'y aurait pas les hommes spéciaux pour la conduire. »

« C'est ainsi que les canons nous arrivent parfaitement ; mais quant à les manœuvrer, y pensera qui pourra. Le *Castelfidardo* et l'*Ancona* sont la preuve de ce que j'avance. »

« Que Votre Excellence aie la bonté de lire le rapport de l'amiral Vacca que je lui envoie aujourd'hui, et Elle verra quel est le degré de puissance militaire de ces deux na-

vires. Si l'on avait passé une inspection rigou-
reuse avant leur départ, ainsi que cela est pres-
crit, on aurait trouvé quelque remède à un
pareil état ; mais on n'a rien fait. On était pressé
de télégraphier au ministère que, tel ou tel
autre navire était parti pour sa destination ;
quant à l'état dans lequel ils arriveraient, que
le commandant en chef se débrouille. Si nous
n'étions pas en temps de guerre, au moment
où le salut de l'Italie est en jeu, croyez
bien que je n'aurais pas soufflé mot. Mais me
taire dans la circonstance actuelle, ce serait
trahir le Roi, la Patrie, et Vous qui êtes à la
direction de la marine. »

Le capitaine de majorité, M. Olivetti, dans
l'audience du 10 avril, appelé à déposer sur la
discipline et l'instruction de la flotte, affirme
que les équipages, quoique animés de la
meilleure bonne volonté, manquaient d'instruction. « En un mot, dit-il, nous manquions
de tout ce qui était nécessaire pour pouvoir
discipliner militairement ces matelots. » Le
même capitaine assure que les sous-officiers
et les canonniers faisaient défaut, et en effet,
dit-il, dans le cours de sa déposition : « La

Marie-Adélaïde qui devait avoir soixante-quatre canonniers n'en avait que neuf, et cependant elle était du nombre de ces navires qui n'avaient que des canons pour combattre. » Il ajoute ensuite : « Le *Duc de Gênes* qui devait avoir quatre-vingt-quatre canonniers n'en avait que dix ;... le *Victor-Emmanuel* qui devait en avoir quatre-vingt-quatre n'en avait que dix.... Il y avait aussi le *Saint-Jean* qui devait en avoir quarante, et il n'en avait aucun... Le *Governolo* qui devait en avoir vingt-quatre n'en avait pas du tout.....

Dans la déposition du contre-amiral Vacca, à l'audience du 4 avril, on lit : « Je n'ai jamais eu l'occasion de constater le peu d'obéissance ou le manque de discipline dans l'escadre, mais c'était une flotte improvisée. L'armement avait été fait à la hâte, et sous le rapport de l'instruction, j'ai lieu de croire que l'on n'était pas encore arrivé au degré de perfection que l'on peut désirer de la part d'une escadre. »

« A Tarente, nous avions fait beaucoup d'exercices d'artillerie ; mais nous n'avions pas fait d'évolutions, et s'il est arrivé quelquefois des abordages, des rencontres, je dois l'attribuer au manque d'exercices d'évolutions. Plus d'une fois, il y eut des abordages, et cela a dépendu du peu d'habitude, que nous avions de naviguer en escadre. »

L'amiral Persano écrivait le 6 juillet :

« Si je devais livrer bataille, je tâcherais de faire mon devoir. Mes hommes n'étant pas encore capables de repousser un abordage, je chercherais à l'éviter. J'ai déjà *beaucoup* fait en étant parvenu à leur faire tirer le canon d'une manière passable. S'ils devaient se battre corps à corps, ils ne réussiraient guère. On n'improvise pas des hommes d'armes. Il faut des mois et des mois pour les former. Ce sont presque tous des recrues et l'infanterie de marine principalement ; je ne sais vraiment pas où l'on m'a fourré les vieux matelots et les vieux soldats....»

Il n'est certes pas nécessaire de continuer les citations qui sont très nombreuses pour démontrer :

1° Que le commandant en chef s'est plaint au prédécesseur de M. Depretis des mauvaises conditions de la flotte ;

2° Que l'opinion était unanime pour dire

que l'on n'avait pas songé, comme on l'aurait dû, à l'armement et à l'instruction du personnel de la flotte.

Après que l'honorable M. Depretis eut pris la direction du ministère, la scène change et le même amiral qui se plaignait naguère de l'homme technique, loue, au contraire, hautement l'homme politique.

A la date du 30 juin, l'amiral Persano écrivait à M. Depretis : « Vos lettres *réservées* (1) m'inspirent de l'attachement pour vous ; la flotte vous en montrera sa reconnaissance en faisant son devoir...» Cette lettre finit par les mots suivants : « *Je vous admire ; vous êtes la fortune de la marine.* »

Le 3 juillet, le même amiral écrivait au même ministre: « Vous êtes un prodige d'activité, j'ai plus obtenu de vous en dix jours, que je n'aurais obtenu du dernier ministre en deux mois. Je suis extrêmement content de l'arrivée de l'*Affondatore*, etc. »

Le 6 juillet, il écrit de nouveau : « J'admire

(1) Ayant un caractère confidentiel, mais étant toujours officielles.

votre activité ; vous êtes la perle des ministres. *Si vous aviez été à la direction* de la marine quand j'ai pris le commandement de la flotte, rien absolument ne manquerait aujourd'hui. Je demandais, et j'obtenais en réponse que l'armée n'était pas en meilleur état que nous. Belle consolation, en vérité, et belle façon de suppléer aux manques de notre effectif..... »

L'admiration du commandant de la flotte ne se dément jamais ; elle persiste malgré les plaintes du ministre sur l'inaction de l'armée navale ; elle continue malgré les reproches, persévère malgré les menaces de le démonter, et continue pendant les journées d'angoisse du procès. Et cependant, l'amiral aurait pu trouver une justification facile et admissible en accusant le ministre. Mais il n'y eut pas un mot de cela ni de la part de l'amiral, ni des défenseurs, ni d'aucun des témoins ou des juges composant la haute Cour de justice.

Et cependant, le ministre n'avait pas toujours été doux pour l'amiral. Voici ce que le général La Marmora écrivait de Ferrare à l'amiral Persano par ordre du ministre de la marine qui se trouvait en ce moment auprès du Roi : « Le ministre me charge de faire savoir à Votre Excellence que si la flotte continue à rester dans son inaction, il se verrait dans la dure nécessité de vous remplacer au commandement suprême de la flotte pour la confier à un autre qui saurait mieux se servir d'un élément d'attaque dont la préparation a coûté tant de sacrifices et a fait naître de si légitimes espérances. »

Dans la réponse de l'amiral, on ne trouve pas un mot de blâme envers le ministre de la marine homme politique, tandis qu'elle contient des plaintes et des récriminations envers les prédécesseurs du ministre. Il y a même des preuves que le commandant en chef et la flotte n'avaient qu'à se louer du ministre et en admiraient l'activité. En effet, on lit dans le rapport fait par l'amiral sur la mémorable et malheureuse journée du 20 juillet *(ce sont les termes du rapport sénatorial)*, ce passage : « Il est 5 heures du matin *(jour de la bataille de Lissa)* ; le paquebot *Piemonte* avec des troupes d'infanterie de marine arrive. Elles viennent fort à propos. *Ce ministre est un prodige d'activité*, etc. »

Finalement, le ministre démonte l'amiral et l'envoie devant une haute Cour de justice et avec lui tous les autres commandants de la flotte qui avaient manqué à leurs devoirs. Mais pas même cet acte de courage civil — qu'un ministre amiral aurait difficilement accompli — ne suscita des plaintes ou des accusations contre l'administration de l'homme politique. Que signifie cela ? Sinon que personne ne pouvait trouver à y redire.

Les principaux mérites particuliers du ministre de cette époque, sont au nombre de deux.

Le premier, d'un ordre général, ressort des documents officiels et des dépositions du procès : c'est d'avoir, en peu de temps, préparé et hâté la composition de la flotte au point qu'elle pût se présenter à l'ennemi supérieure en forces.

Le second est un mérite particulier peu connu mais non moins vrai, pour lequel il est nécessaire de donner quelques mots d'explication.

Lorsque les hostilités commencèrent, notre escadre n'était pas encore formée. L'endroit où elle devait se réunir était Tarente où se trouvait le commandant en chef avec les navires qui peu à peu arrivaient de la Spezia et de Gênes dans l'état que nous avons vu plus haut.

Au port d'Ancône il y avait deux cuirassés, la *Terrible* et la *Formidable*, eux aussi, à ce qu'il paraît, assez incomplets.

La flotte autrichienne, au contraire, fut beaucoup plus promptement prête, de sorte que dès la première moitié du mois de juin, elle était parée à entrer en campagne. Evidemment, M. Tegethoff qui la commandait, homme hardi, intelligent et toujours bien renseigné sur l'état de l'escadre italienne, résolut de profiter du grand avantage que lui offrait sa formation plus prompte et d'essayer un coup de main qui troublât ou empêchât même la formation de la flotte ennemie. Il ne fallait pas un grand effort de talent pour trouver, dans l'état ou étaient les choses, le point vulnérable. Quelques années auparavant, notre flotte, ainsi qu'on l'a vu, avait cueilli des lauriers bien mérités en s'emparant du port d'Ancône et en réduisant au silence les forts qui protégeaient ce port.

Au moment de la guerre, le port était défendu seulement par deux navires qui pouvaient être une proie facile s'ils avaient été attaqués par une escadre entière. L'effet matériel et l'effet moral eussent été considérables. Il est parfaitement vrai que les écrivains qui ont traité ces questions militaires et maritimes désapprouvent le mouvement de Tegethoff, par la raison qu'il s'éloignait trop de sa base d'opérations. Mais il faut dire qu'il comptait sur l'effet de la surprise et sur la rapidité du mouvement. Ainsi, tandis que tout le monde le croyait enfermé et hésitant dans le port de Pola, l'amiral autrichien se préparait à une entreprise hardie, de réussite presque certaine.

Mais, sur ces entrefaites, eut lieu le changement du ministre de la marine en Italie. Le nouveau titulaire — précisément l'homme politique dont il est question — voyant le danger, ainsi qu'il était naturel, son premier acte fut d'insister pour que l'amiral, avec toutes les forces dont il disposait, se rendit à Ancône. On lui répondit par des fins de non-recevoir auxquelles le nouveau ministre répliqua avec

---

beaucoup d'insistance, que la flotte devait avec la plus grande célérité se rendre à Ancône.

Les ordres réitérés et péremptoires obtinrent enfin le résultat voulu. Il arriva ainsi que pendant que l'amiral autrichien appareillait pour surprendre Ancône, l'escadre italienne se rendait aussi au même point, l'une à l'insu de l'autre. L'amiral Persano arriva à Ancône dans la soirée du 25 juin et le 26 toute la flotte italienne était réunie dans ce port. Le lendemain, au point du jour, on signala la flotte autrichienne.

La surprise fut réciproque. Mais le dernier qui fut surpris fut Tegethoff. Il s'avança d'abord rapide et sûr ; puis, ayant vu l'escadre italienne, il prit le large, fit tirer quelques coups de canon par un aviso, en gagnant toujours de plus en plus le large, et enfin fit route vers Pola. Le mérite de Tegethoff consista à faire bonne mine à mauvais jeu. Surpris lui-même tandis qu'il croyait surprendre, il ne s'effraya pas et ne perdit pas la tête. Cette conduite fut même son salut, parce qu'elle donna de nouveaux motifs de perplexité à l'amiral italien, déjà hésitant. De sorte que sans être

9

démentis par les apparences, les journaux purent dire que la flotte autrichienne était venue à Ancône pour provoquer la flotte italienne. En réalité, Tegethoff ignorait que la flotte italienne fût à Ancône, et il ne pouvait le savoir parce qu'il était déjà en route quand la flotte italienne y arrivait.

Ce fait est prouvé par une foule de renseignements recueillis, après examen, par plusieurs écrivains et il ressort même des témoignages que l'on trouve dans le procès Persano.

A l'audience du 5 avril, le lieutenant Piola, répondant au Président de la haute Cour, dit : « Comme vous le savez, l'ennemi, après s'être un peu approché, reprit le large et au moment où je sortais, l'ennemi était déjà passé et même éloigné. »

C'est ainsi que le contre-amiral Provana, à l'audience du 6, dit également : « A peine l'escadre italienne se formait-elle en ligne pour avancer, qu'un aviso autrichien tira deux coups de canon, et dès que nous nous mîmes en mouvement, l'escadre autrichienne vira de bord pour rentrer, je crois, à Pola. »

Le contre-amiral Bucchia, à l'audience du 4,

dit aussi : « D'autre part il me sembla que l'amiral autrichien, en prenant le parti de se retirer,
abandonnait certainement l'idée d'accepter le
combat parce que s'il avait eu l'intention de
se battre, il l'aurait fait lorsque nos navires
sortaient du port et qu'il aurait pu nous attaquer en détail. »

Le contre-amiral Vacca, à l'audience du 4,
est encore plus explicite : « Je pense, dit-il,
que l'escadre autrichienne, croyait ne trouver
à Ancône que les deux corvettes cuirassées la
Terrible et la *Formidable*, et qu'il avait l'idée
de faire un coup de main sur cette ville ; mais
qu'ensuite, en voyant notre escadre qui s'avan-
çait, il changea d'idée. »

Il est donc impossible de le mettre en doute,
parce que les faits parlent haut et ferme : celui
qui sauva Ancône de la flotte autrichienne,
ce fut le ministre politique, et autant que cela
dépendit de lui, il donna les moyens nécessaires pour sauvegarder l'honneur des armes
italiennes.

Si nous observons l'œuvre de l'homme politique, sous le rapport législatif, nous trouvons
que malgré le peu de temps pendant lequel il

fut au pouvoir et malgré les soins qu'exigeaient les demandes incessantes occasionnées par les besoins de la guerre, les dispositions prises par lui, dans l'organisation des différents services, furent non-seulement nombreuses, mais encore si utiles que la plupart sont encore en vigueur.

Sur son initiative, les bagnes criminels furent détachés du ministère de la marine dont ils dépendaient encore, anachronisme qui grevait sans motif le budget de la marine et qui n'avait plus raison d'être, du jour où l'on avait aboli les galères, comme navires de guerre.

Une disposition utile fut la suppression des officiers pilotes parce qu'elle obligea les officiers à prendre eux-mêmes la direction du navire, et à acquérir ainsi les connaissances pratiques nécessaires qui, auparavant, étaient laissées seulement aux officiers pilotes.

L'organisation intérieure du ministère date de cette époque. Elle est encore en grande partie en vigueur.

Le conseil de l'Amirauté fut organisé par lui avec des attributions déterminées, organisation qui donne encore de bons résultats.

Le département de la marine marchande fut organisé sur de sages dispositions qui sont encore en vigueur quoiqu'elles n'aient pas eu tout le développement que l'on était en droit d'attendre.

D'autres dispositions dont il est inutile de parler ici, datent également de cette époque et elles démontrent toutes, non-seulement beaucoup d'activité de la part de celui qui les prenait, mais aussi une conception directrice sûre, tendant à ce que la marine pût arriver à ce degré d'importance qu'elle doit avoir dans un pays comme le nôtre, où la géographie et l'histoire concourent à en faire un pays éminemment maritime.

VII

QUELQUES OBSERVATIONS AU SUJET DE NOTRE THÈSE.

—

Outre les exemples et les systèmes des autres pays, quelques observations spéciales viennent aussi corroborer notre thèse.

Généralement, les phénomènes font plus d'impression que les causes qui les produisent. Mais en procédant par une méthode inductive, c'est-à-dire, en remontant des phénomènes à leurs origines, la marche logique des événements apparaît plus clairement.

En examinant les faits, nous avons vu que les hommes politiques réussissent mieux que les hommes techniques à la direction du ministère de la marine. Çà et là, dans les exemples cités, les orateurs et les publicistes ont bien dit quelques mots sur les causes, mais il ne s'y sont pas arrêtés longtemps.

La première cause de ce phénomène est que l'homme politique possède ou acquiert bien vite un esprit synthétique. La multiplicité des affaires qu'il doit traiter, la rapidité avec laquelle elles passent devant lui, la nécessité de résumer en peu de mots concis et expressifs, c'est-à-dire en lois, les besoins du pays, habituent l'homme politique à juger par de grandes lignes et à tirer d'un ensemble de besoins, de plaintes, de désordres une ligne de conduite sur laquelle il façonne telles ou telles aspirations.

L'homme à l'esprit synthétique ne peut et ne doit négliger aucun élément si petit qu'il soit, parce qu'il constitue toujours un coefficien, une force qui, — de même qu'un corps, en chimie, — peut déterminer ou modifier le résultat final. Mais il lui est impossible de tenir compte des détails.

Au contraire, le fonctionnaire dont le devoir est d'exécuter la disposition synthétique prise par l'homme politique est destiné par son devoir à soigner l'analyse, l'exactitude, la précision ainsi que les détails.

Chacun des deux ne voulant pas s'écarter du domaine de la logique a un rôle distinct et même séparé. Ces rôles se rattachent par quelques points homogènes, mais ils ne doivent jamais être confondus.

Dans chacune de ces situations, la capacité et la vigueur de l'intelligence sont nécessaires, mais dans deux sens opposés. Celui qui est élevé et passe sa vie dans l'une réussit difficilement dans l'autre (1).

Sur ce point, pareillement, il y a des exceptions ; mais, comme d'ordinaire, elles ne peuvent constituer la règle.

La science moderne, dans quelque branche

_____

(1) Le grand Richelieu disait :

« Un des plus grands avantages qu'on puisse procurer à
« un Etat, est de destiner chacun à l'emploi qui lui est
« propre. »

« Tel qui est capable de servir le public en certaines
« fonctions sera capable de le ruiner en d'autres. »

« Tel, qui sera propre à être gouverneur en Picardie,
« parce qu'il sera né dans cette province-là, ne sera pas bon
« pour être employé dans la Bretagne, où il n'aura aucune
« habitude et où la charge qu'on lui voudrait donner ne lui
« saurait fournir les moyens de subsister. »

qu'elle s'exerce, marche toujours davantage vers la division du travail qui est rendue nécessaire à cause de son étendue, de la grande exactitude et de la profondeur qu'elle exige.

C'est pourquoi, vouloir que la manière de voir d'un homme à l'esprit analytique soit pareille à celle d'un homme à l'esprit synthétique, c'est procéder par empirisme.

Il est vrai que l'homme de mer, dès qu'il a un commandement, se meut dans une espèce de synthèse, parce que le navire est un petit monde dont la direction et la responsabilité incombent au commandant. Mais même dans ce cas, il s'agit d'un monde restreint si on le compare avec la vaste besogne d'un ministre de la marine, comme on le verra plus loin.

Il est essentiel, d'abord, de considérer qu'en voulant faire du marin un homme politique, chef de l'administration de la marine, en thèse générale, on rencontre des difficultés et tout particulièrement la maxime énoncée au début, à savoir : que l'homme d'action réussit difficilement dans l'administration et réciproquement.

Ce qui prime dans l'homme d'action, c'est la résolution et l'audace. Au contraire la prudence et la réflexion doivent primer chez l'administrateur. D'un côté, il faut du courage ; de l'autre, de la prudence. Ici la conception rapide et l'exécution instantanée ; là, l'étude tranquille et l'accomplissement non précipité.

L'action met à contribution le corps et l'esprit. Elle ne peut durer longtemps, et a besoin d'un grand repos.

L'administration, au contraire, a un mouvement continu ; elle peut durer toute la vie d'un homme sans interruption et sans le moindre inconvénient.

De tout cela, résultent des habitudes, des conceptions et des capacités différentes.

Pour la vie d'une nation, les uns et les autres sont indispensables. Mais un État ne peut impunément confondre ces deux branches du service.

Si des hommes d'action, — qui sont indispensables dans de certains moments et dans des circonstances données, — on veut en faire des administrateurs, on court le danger, à peu près certain, qu'au moment de l'action, il leur manquera ce dont ils ont le plus grand besoin.

Cette légion de personnes de choix que l'on

élève tous les jours dans le but de diriger une armée ou un navire, pour affronter les dangers des voyages et les périls des tempêtes, pour combattre les éléments, pour faire de leurs poitrines un bouclier à la patrie, est une légion précieuse qu'il importe d'encourager dans cette voie pénible, par le respect, les récompenses et les applaudissements. Mais nous ne devons pas les diriger vers des besognes différentes de leur objectif et prétendre ensuite qu'elles aient, selon notre bon plaisir, toutes les capacités, l'énergie, l'abnégation dont leur esprit et leur corps auraient déjà perdu l'habitude.

Quand il y a le choix entre deux voies, la nature humaine préfère la moins difficile. Entre les dangers de la mer et le séjour à terre dans des charges élevées, cette dernière condition sera toujours la préférée. La faute n'en sera pas à celui qui a choisi la voie la plus commode, — parce que l'homme marche difficilement contre ses tendances naturelles, — mais elle devra retomber sur ceux qui permettent ce procédé dangereux. Si ces hommes destinés à l'action, et détournés de leur but principal, ne peuvent plus y revenir aussi facilement que l'on change d'habit, ils se verront accusés et abreuvés de fiel, peut-être par ceux-là même qui auront été la cause et la force initiale de ce déplorable résultat. Tout le monde observe ce phénomène et fort peu de personnes en observe les causes.

Si depuis 1860 jusqu'à 1866 les ministres avaient songé à faire naviguer les marins, à les exercer dans de longs voyages, à les aguerrir au commandement, à les habituer à la responsabilité, quand le moment serait venu, on aurait eu des hommes de mer capables, des commandants sûrs d'eux-mêmes, un personnel placé sous leurs ordres et des navires sur lesquels ils seraient allés risquer leur vie. De la sorte, on n'aurait pas eu à constater les rencontres, les abordages, les échouages dont le contre-amiral Vacca parle dans sa déposition au procès Persano. On avait presque exclusivement songé à faire de bons navires et l'on avait presque entièrement oublié de faire de bons marins ! Et voilà comment, par d'autres voies, par d'autres façons, on retombe toujours dans les maximes indiquées plus haut, parce que la vérité reste toujours la vérité. Ni les

canons, ni les cuirasses, ni les grandes masses
ne peuvent la cacher ni l'empêcher de paraître
au grand jour.

Si en 1866 on avait pensé à......, heureusement il en est temps encore. Mais il vaut
mieux ne pas en parler à présent et poursuivre notre sujet.

La séparation indiquée plus haut entre un
esprit synthétique et un esprit analytique s'ap-
plique aussi bien au fonctionnaire en général
qu'au marin en particulier. Un marin embrasse,
il est vrai, toutes les branches de la marine de
guerre, mais il ne sort pas de certaines limites.
Mais combien est plus étendue la besogne d'un
ministre de la marine. En outre des navires
de guerre, il doit penser à la marine marchande, à l'instruction pratique et à l'instruction théorique, aux sciences hydro-
graphiques, à la direction administrative, au
choix du personnel, à la direction politique,
aux lois et aux dispositions, en général. Il
doit également défendre son œuvre et ses idées
devant le Parlement et, enfin, s'occuper des
affaires de toute sorte relatives à son ministère.

Or, on voit que celui qui s'adonne à une

science ou à une profession particulière préfère ordinairement sa profession à toutes les autres par affection, par habitude et par ses connaissances. Si un individu a ainsi concentré son activité dans la direction de plusieurs services différents l'un de l'autre — ainsi que cela arrive précisément dans le cas d'un amiral qui devient ministre — il en résulte naturellement que la partie choisie par lui sera la préférée. Par conséquent, un amiral préférera le navire de guerre, et il croirait déroger à ses traditions s'il n'agissait pas de la sorte. Dans l'idée d'un ministre technique le navire de guerre est la chose principale ; tout le reste est secondaire et ne mérite pas ou peu qu'on s'en occupe.

La partie analytique chez un amiral, par suite de l'habitude de commander un navire, sera plus complète, mais elle reste toujours analytique et particielle, en comparaison des autres obligations nombreuses qui incombent à un ministre de la marine.

Au contraire, *l'homme politique qui n'a pas de profession spéciale, placé à la direction d'un service public, donnera également ses soins à*

toutes les parties dont ce service se compose.
Pour une administration publique, ce n'est pas
là un petit avantage à négliger.

Outre cette considération, il y en a encore
d'autres à présenter, qui intéressent l'ordre
général dans la direction d'un gouvernement.
Ainsi, n'est pas qui veut un administrateur
capable. L'art d'administrer est semblable au
rôle du bon père de famille. Et cependant, nous
voyons dans la vie sociale qu'il n'y a pas beaucoup de personnes qui s'élèvent au-dessus de
la moyenne. L'objectif d'une bonne administration c'est que les résultats, comme bonté et
quantité, soient supérieurs aux moyens que
l'on emploie pour les obtenir. Ce n'est pas une
chose pénible pour ceux qui s'y adonnent. C'est
un champ dans lequel, outre quelques idées
d'ordre bien précises et saillantes, existent et
fourmillent continuellement des conceptions
ingénieuses, des idées que l'on pourrait appeler stratégiques, mais d'une stratégie pacifique
et tranquille. Ces conceptions se résument
en systèmes que chacun se forme selon ses
tendances naturelles. De là proviennent les
différentes façons d'obtenir un objectif unique.

Un jour, un ministre de la marine, bon marin, disait : « Je ne fais pas de marchés, je les laisse faire par mon directeur ; ce sont des embarras dont je ne puis m'occuper. Un ministre voit ce dont le service peut avoir besoin et ne doit pas se mêler d'autres choses. »

Le ministre qui s'exprimait ainsi ne s'apercevait pas qu'il manquait à l'un des principaux devoirs d'un bon administrateur. L'abandon absolu, de la part d'un chef, de ces sortes d'affaires, occasionne facilement des désordres qui, semblables à l'eau, sont toujours prêts à pénétrer par le premier trou qu'ils trouvent. Il ne fut pas possible de persuader à ce ministre qu'il avait tort, et, aujourd'hui encore, il sera probablement satisfait de n'avoir jamais fait aucun marché et de n'avoir indiqué que ce qui était nécessaire à ses plans.

Ce sentiment qui lui faisait croire qu'il aurait manqué à sa dignité en s'occupant de questions jugées inférieures est malheureusement conforme à ce qui arrive trop souvent chez les hommes de guerre et se trouve beaucoup plus difficilement chez l'homme politique dont la profession n'est pas de se tenir toujours à un *diapason* élevé pour être prêt à regarder la mort en face.

Ces petites causes contribuent beaucoup à ce grand résultat que les administrations des hommes politiques marchent mieux que celles des militaires.

Par la même raison, un marin élevé pour faire la guerre dédaigne le plus souvent de s'occuper avec sollicitude des intérêts plus modestes de la marine marchande. Il se considère supérieur —et parfois il l'est réellement —à ceux qui traitent des affrétements et des affaires commerciales. C'est pour cela que, sous les ministres amiraux, la marine marchande n'étant ni soutenue, ni encouragée, ni subventionnée périclite et tombe de plus en plus en décadence.

Un ministre amiral déclarait même, il y a peu de temps, devant le Parlement qu'il *n'y avait rien à faire pour la marine marchande*.

C'est pour cela qu'on a voulu vendre, et que n'ayant pu les vendre, on a démoli des navires qui auraient pu, en quelque façon, servir pendant la paix, à exercer la marine de guerre à la navigation, en les envoyant au loin aider et protéger la marine marchande.

Ces navires, il est vrai, laissaient beaucoup à désirer. Cependant plusieurs puissances maritimes en avaient de pires dans leurs ports et dans leurs arsenaux. Malheureusement, ensuite, ils n'ont pas été remplacés par d'autres qui pouvaient rendre les services qu'on aurait pu attendre des premiers.

En remontant ainsi, on trouve les causes de beaucoup d'effets. Un ministre, administrateur habile, aurait probablement réfléchi deux fois, avant d'encombrer les magasins des débris d'une flotte, tandis que sans de nouveaux frais, il aurait pu s'en servir d'une manière profitable.

Un autre résultat de la direction militaire, c'est la tendance à maintenir le règlement qui veut que les capitaines au long cours, entrant dans la marine de guerre, n'aient que le grade de sous-officiers. Cette disposition est nuisible, injuste et sépare toujours davantage la marine militaire de la marine marchande.

Cependant les capitaines au long cours sont souvent mieux exercés que nos officiers de la marine de guerre au commandement et à la responsabilité. Habitués à conduire de grands paquebots chargés de passagers et de marchandises à travers les océans, avec l'obligation d'arriver à des jours fixes et de voyager par tous les temps, ils acquièrent toutes les qualités du bon marin mieux que les officiers de nos escadres qui, d'après des ordres supérieurs, passent leur temps d'armement tantôt dans un port, tantôt dans l'autre, sans presque s'éloigner des côtes italiennes (1).

Les dispositions qui tendent à exclure de la marine militaire les meilleurs éléments de la marine marchande, ont pour résultat, en définitive, malgré certaines opinions contraires, de nuire énormément à l'objectif suprême : la défense du pays et la conquête d'une suprématie maritime.

Il ne faut pas oublier que les hauts faits maritimes, que les grands actes de courage, les entreprises héroïques furent, en grande partie, accomplis par des marins de la marine marchande. Les guerres insurrectionnelles maritimes, les défenses des villes et des peuples furent principalement accomplies par la marine marchande.

(1) **Comme cela est vrai aussi bien en France qu'en Italie!**

De modestes capitaines marchands, pendant les guerres de Hollande, devinrent tout à coup des capitaines militaires.

L'Amérique, pendant bien des années, ne put opposer à l'Angleterre que des capitaines de la marine marchande. La Grèce en avait-elle d'autres pour combattre les Turcs en 1821 ? Qu'étaient Canaris, Miaoulis et tant d'autres qui abaissèrent l'orgueil Ottoman dans le sang et dans les défaites ? (1).

Il n'y a pas longtemps que les Anglais, à chaque guerre, recrutaient des capitaines du commerce et les habituaient à la vie militaire en leur confiant le commandement de petits navires. Quelle émulation ce système habile ne devait-il pas développer !

On soutient aujourd'hui qu'ils ne peuvent être habitués à la discipline et qu'ils sont incapables de commander. Mais l'histoire ne parle pas ainsi.

Voici un exemple fourni par l'Angleterre même :

Le fait se passe vers la seconde moitié du

(1) Voir la note 2 page 22.

siècle dernier, siècle héroïque dans lequel
une armée rencontrant l'ennemi le laissait, par
courtoisie, tirer le premier, comme firent les
Français à Fontenoy (1) ; dans ce siècle où un
navire rencontrant un ennemi qui avait ses
poudres mouillées, lui donnait la moitié des
siennes pour qu'il pût combattre à conditions
égales, ainsi que le fit un capitaine de vaisseau
anglais envers une grosse frégate française. Il
est vrai que l'Amirauté anglaise démonta le
commandant de vaisseau et que Louis XIV, au
contraire, embrassa le vainqueur de Fontenoy.
Mais ni la destitution, ni les embrassements ne
purent diminuer ni augmenter les manifesta-
tions de courage exagéré de cette époque.

Voici le fait :

Les Anglais et les Français étaient en guerre,
et à chaque rencontre sur mer on livrait un
combat.

Une frégate anglaise faisant route vers les
Indes se trouvait à la hauteur du cap de
Bonne-Espérance, très-éloignée de terre.

---

(1) 11 mai 1745. Les Français étaient commandés par le
maréchal de Saxe et les Anglais par le duc de Cumberland.

C'était une frégate de 52 canons. Le capitaine s'appelait Abraham Walton. Peu d'années avant, il n'était que capitaine marchand et avait commencé son service militaire en commandant un *sloop*.

La frégate avait à bord 700 hommes de troupes et un équipage de 670 hommes.

Le temps était fort mauvais, comme il l'est d'habitude dans ces parages et le navire, par suite d'une ancienne blessure, faisait eau depuis deux jours.

Les pompes travaillaient jour et nuit. On ne craignait pas de mourir, mais on craignait de rencontrer l'ennemi sans pouvoir le combattre.

On souhaitait pouvoir jeter l'ancre dans quelque port voisin, sans mauvaise rencontre.

Le troisième jour le vent frais devient une tempête. Le navire, contraint de s'éloigner davantage de la terre, les coups de mer augmentent le danger. L'équipage travaille sans cesse, mais l'eau monte. On cherche mille moyens pour empêcher la catastrophe. A la fin les pompes s'arrêtent, et l'on reconnaît que tous les efforts sont inutiles.

Un silence de mort règne dans la batterie. Seul le vent siffle à travers les cordages.

L'eau monte, et dans les secousses fréquentes on l'entend gronder sous les panneaux. Le vent avait arraché les embarcations des porte-manteaux. Une seule restait, et tout le monde poussé par le désespoir, s'était précipité vers elle.

Elle aurait pu contenir six hommes, et plus de mille voulaient y entrer !

La situation menaçait de se changer en une de ces scènes où l'homme redevient une bête féroce.

Le capitaine Abraham Walton examine, observe et voit que l'eau de l'intérieur va bientôt déborder. Le vent s'était calmé, mais il ne restait aucune voie de salut. La situation était vraiment désespérée.

Le capitaine, alors, d'un pas ferme, se rend à son poste de commandement et donne un ordre à la suite duquel tout l'état-major se range silencieusement autour de lui. A un second commandement, les tambours battent, le sifflet retentit ; marins et soldats apparaissent armés sur le pont comme si l'ennemi était présent.

Ils se divisent en deux rangées, l'une de matelots et l'autre de soldats.

Les rangs formés, tous se regardent ; mais personne ne bronche.

L'eau monte et inonde déjà les pieds des soldats ; mais tous restent fermes à leur poste.

L'eau monte toujours, et elle est déjà à la ceinture. Les hommes n'apparaissent plus qu'à mi-corps ; mais personne ne bronche car tel est l'ordre.

Dans ce moment terrible, le capitaine ordonne de présenter les armes et ces preux impassibles, une rangée regardant tranquillement l'autre comme sur une place d'armes, présentent les armes à la mort.

Une minute après, la mer avait tout englouti !

Trois marins seuls échappèrent, ayant été recueillis, deux jours après, par un bateau de l'endroit.

Qui donc avait su inspirer tant de dévouement au devoir, une telle force de discipline, pour transformer ces désespérés en martyrs calmes et résignés à la mort ? Ce fut un capitaine marchand.

Non, la vertu et la force ne furent et ne seront jamais un privilége et un monopole réservé seulement à quelques privilégiés. Dieu nous a créés inégaux, mais il a défendu les priviléges !

Celui qui voudrait mieux connaître les motifs militant en faveur du système d'admettre les capitaines marchands dans la marine de guerre, n'a qu'à lire les discours prononcés devant la Chambre des députés et au Sénat par le comte de Cavour, ministre de la marine en 1860. Le grand homme d'Etat sera certainement mieux écouté et cru que le modeste auteur de cette étude. Il ne suffit pas d'énoncer une vérité. Trop souvent il faut encore la puissance de celui qui l'annonce pour la faire prévaloir, parce que fréquemment la vérité est semblable à un projectile qui a besoin du canon pour atteindre le but.

Une autre raison pour laquelle, ordinairement, les hommes politiques réussissent mieux que les marins à la tête de la marine, c'est que l'on a un plus grand choix parmi les premiers que parmi les seconds.

Dans le royaume d'Italie, les amiraux ne

sont que douze environ. En y ajoutant même les capitaines de vaisseau, on ne dépasse pas le chiffre de quarante-huit, nombre très-petit en comparaison du grand nombre d'hommes politiques qu'il y a au Parlement et au dehors, car rien n'empêche qu'un ministre ne soit choisi par la Couronne parmi les simples citoyens, ainsi que cela est parfois arrivé. Par conséquent, d'un côté on a le choix parmi plusieurs milliers de personnes, et de l'autre parmi douze ou tout au plus quarante-huit. La disproportion est trop grande pour qu'il puisse y avoir le même résultat. Admettons, si l'on veut, que les amiraux soient des gens d'élite. Mais tout le personnel des officiers de marine, en Italie, ne dépassant pas le chiffre de quatre cent cinquante, lors même que les douze ou les quarante-huit fussent absolument l'élite des quatre cent cinquante, il n'y aurait pas moyen d'approcher du chiffre de l'autre part qui pourrait facilement s'étendre à quelques milliers.

Le système de nommer ministre un officier supérieur de la marine de guerre a engendré un autre inconvénient très nuisible, dont les mauvais effets sont incalculables.

Un fonctionnaire militaire apporte dans ce poste les exigences d'un commandant suprême. Ce n'est pas un ministre qui administre, c'est un supérieur qui commande impérieusement et qui change la dépendance administrative en sujétion militaire.

De là vient, en premier lieu, l'inconvénient que les corps constitués, tels que le conseil de l'Amirauté et les Centres départementaux (1), n'ont souvent plus cette juste liberté d'action et d'opinion qu'une simple administration tolère et que la sujétion militaire défend.

Les chefs militaires placés à la tête d'une administration politique ont, de plus, la tendance à tout concentrer sous leur commandement, et c'est là un deuxième et grave inconvénient ; de sorte que l'organisation qui constituerait la fermeté et la force de nos

---

(1) Les Centres départementaux, en Italie, correspondent, en France, anx préfectures maritimes. Actuellement, il y en a trois : la Spezia, Naples et Venise.

institutions militaires ne saurait avoir la sta-
bilité désirable.

On a parlé et discuté plusieurs fois sur la
question d'avoir un État-major pour l'armée et
un conseil d'Amirauté pour la flotte avec des
attributions étendues de façon à les soustraire
tous deux aux tempêtes politiques et aux agi-
tations des partis. Mais ces deux dispositions
sont restées continuellement à l'état de projet,
parce qu'elles trouvèrent toujours un obsta-
cle insurmontable dans la centralisation ministérielle.

Si un ministre technique restait plusieurs
années au pouvoir, il pourrait changer peu
à peu sa manière d'agir, et, par suite des
frottements parlementaires, il deviendrait un
homme politique. Mais, avec les changements
fréquents qui ont lieu à peu de mois d'inter-
valles, on ne fait que renouveler et confirmer
ce qui ne devrait pas être. Les pouvoirs et les
facultés étant en raison inverse de leur durée,
il en résulte que chacun commence des
méthodes différentes de celles de son prédécesseur qu'il ne peut lui-même terminer.
Aussi, l'histoire des ministres de la guerre

et de la marine se résume en une série
de commencements sans fins. Si le jour de
l'épreuve venait et que le résultat ne cor-
respondit pas à l'attente, tout le monde
tomberait sur les ministres du moment,
sans penser que ceux-là, peut-être, sont les
moins coupables. Celui qui admet un système
ne peut ni ne doit accuser ceux qui le mettent
en pratique des conséquences qu'il produit.

Cette méthode du commandement militaire
dans un poste politique et la centralisation qui
en est la conséquence, réduisent un ministère
avec toutes ses attributions à n'être pas autre
chose qu'un régiment de soldats. A la longue,
cette méthode émousse, détruit les initiatives
et réduit les hommes au rôle de passifs et muets
exécuteurs d'ordres continuels et minutieux;
elle engendre un besoin incessant de tutelle, et
empêche le développement de la confiance que
chacun, dans la sphère de ses attributions,
doit avoir en soi-même, qualité précieuse pour
tout le monde et indispensable surtout au
marin.

C'est un fait constant que dans nos écoles
de marine entrent d'excellents jeunes gens

dont la plus grande partie inspire les plus vives et les plus chères espérances. Mais, quand ils commencent à être pris dans le dur engrenage d'un système qui les comprime et les émousse, les tendances naturelles peu à peu s'affaiblissent, les aspirations généreuses s'éteignent et à mesure qu'ils avancent en âge, ces qualités précieuses qui les auraient rendus éminents, disparaissent complètement au lieu de se développer.

Ça et là, on entend parfois s'élever des plaintes ou l'expression de quelque désir. « Donnez-nous de petits navires à commander afin que nous nous exercions à agir sous notre responsabilité. Faites-nous naviguer. Naviguons, disent et écrivent de braves et jeunes officiers. » Mais leurs voix restent sans écho. Leurs modestes et sages aspirations se heurtent contre un système de fer dont ne peuvent même sortir ceux-là même qui occupent les postes les plus élevés.

Quels sont les pouvoirs d'un commandant d'escadre ?

Que les minutieuses instructions, que les règlements ennuyeux, les exigences méticuleuses des bureaux ministériels, auxquelles les commandants doivent continuellement recourir, le disent.

Quels sont les pouvoirs d'un commandant de navire ?

On peut les voir par les rapports même que les commandants envoient au ministère et qui sont publiés de temps à autre dans la *Revue Maritime*.

Son Altesse le duc de Gênes écrivait (1) : « Au départ d'Aden, grâce à l'autorisation que Votre Excellence a bien voulu m'accorder, j'ai fait donner une ration plus conforme au climat très-chaud que nous avions à supporter... La ration que j'ai composée est très en rapport avec le goût de nos matelots... Pareillement, j'espère, dans la suite, dans l'intérêt du budget et du bien-être des matelots, me prévaloir de cette autorisation pour acheter souvent des vivres que je trouverai à bon marché dans les différents pays.

« *Je crois que ce serait une excellente chose,* —

(1) Voyage de la *Vittor Pisani* (*Revue Maritime* ; 9, 1879, p. 345).

sous quelque point de vue qu'on envisage la question, — que chaque commandant pût varier la ration, (après l'avis d'une commission du bord) suivant les pays où il se trouverait. »

La sollicitude que le prince Thomas manifeste pour la nourriture et le bien-être des matelots, est un fait qui l'honore hautement, mais qui n'étonne pas chez le fils de Celui qui savait unir à un courage, dont il fit preuve dans les guerres nationales, beaucoup de douceur et d'humanité envers les soldats.

La disposition qu'il suggère au ministre est également louable, et il est étonnant, en vérité, que chaque commandant n'aît pas la faculté de donner aux matelots les vivres qui leur conviennent selon le pays où ils se trouvent.

« Les coups de soleil dans le golfe d'Aden, dit le commandant d'Amezaga (1), sont à craindre, parce qu'ils sont toujours funestes. La tête et la nuque, doivent être bien protégées contre le soleil; aussi, est-il nécessaire de garnir la partie postérieure du chapeau de paille du matelot d'une toile blanche qui retombe sur les

(1) *Revue Maritime*, 10, 1879, p. 18.

épaules. Une bonne hygiène impose absolument, comme de raison, de modifier la tenue réglementaire. Le matelot ne peut, en aucune façon, supporter sous ce climat la flanelle de laine et, encore moins, peut-il supporter, la nuit, la tenue réglementaire d'hiver. Les sous-officiers et les officiers sont forcés de quitter les vêtements de drap pour s'habiller de blanc. »

« Les troupes anglaises, la marine, les Européens de toutes conditions portent un casque de liége garni de blanc à l'extérieur, une jaquette et des pantalons blancs de coton. »

On voit par de tels exemples que les commandants n'ont ordinairement pas la faculté de modifier la nourriture et l'habillement, suivant les exigences des climats et des pays où ils sont.

On peut par là deviner le reste.

VIII

CONSIDÉRATIONS FINALES.

—

Il y a, en dernier lieu, quelques considéra-
tions que l'on ne doit pas perdre de vue dans
aucun Etat bien organisé, et qu'il importe
surtout de rappeler dans un pays dont la
constitution n'a pas le baptême des siècles, et
dans lequel, par conséquent, il n'existe pas encore de traditions d'ordre et d'autorité.

Lorsque d'un fonctionnaire on veut faire
un chef politique qui existe aujourd'hui et dis-
paraît demain, et dont chaque acte doit être
pesé et discuté, on risque beaucoup de voir
ébranler et détruire la sujétion hiérarchique
qui est indispensable dans toute administration pour ne pas tomber dans l'anarchie.

Si cette maxime est vraie pour tous les ministères à la tête desquels on verrait placer, pour un temps donné, un fonctionnaire appartenant au ministère même, combien n'est-elle pas plus importante dans les départements dont les bases sont la discipline et l'obéissance passive ?

Qu'arrive-t-il dans le personnel supérieur de nos ministères de la guerre et de la marine ?

Il arrive que les officiers se divisent en deux catégories : les ministres passés et les ministres futurs (1).

Celui qui commande aujourd'hui sait que, demain peut-être, il devra obéir à un subalterne contre lequel il serait obligé, aujourd'hui, de prendre quelques mesures.

Celui qui obéit aujourd'hui sait que demain peut-être, grâce à un de ces trop rapides changements politiques qui arrivent dans notre pays, il peut être à la place de son supérieur (2).

(1) Grande et triste vérité. (L. C.)
(2) Que de nombreux exemples concernant la marine française je pourrais énumérer ! Mais le moment n'est pas

De là, — par suite des inévitables conséquences inhérentes à la nature humaine, — il
y a ménagement de la part de celui qui commande, et peu d'empressement à obéir de la
part de l'autre.

C'est la politique qui entre en plein dans le
domaine de la discipline et qui la détruit.

Est-il nécessaire de rappeler qu'à Custozza
un corps d'armée ne porta pas secours aux autres et qu'à Lissa une partie de la flotte qui
comptait quatre cents canons, n'a pas pris
part à la mêlée ?

La faute n'en est à personne, mais au système ; et malheureusement, en y persévérant,

encore venu. Je n'en citerai qu'un. On y a conservé le souvenir d'un des plus habiles et des plus distingués capitaines de
vaisseau qui n'est pas devenu contre-amiral parce qu'étant
directeur du personnel, au ministère, en 1848, il avait eu
l'occasion de déplaire à un futur ministre de la marine.

De pareils faits sont très fréquents avec le système militaire.
N'a-t-on pas vu plus haut, page 52, la conduite de lord
Keppel à l'égard de l'amiral Rodney ? Aussi, mettant en pratique le proverbe qu'une maladie connue est à moitié guérie,
les Anglais ont eu le bon esprit d'abandonner depuis longtemps le système militaire et de confier la direction des
ministères de la guerre et de la marine à l'élément civil.

Que ne les imite-t-on ? (LOUIS CAFFARENA.)

nous risquons beaucoup que nos batailles sur terre et sur mer soient toutes perdues par suite des démêlés et des conflits survenus entre les chefs.

Lorsqu'on pose des prémisses, il n'y a pas de force ni de volonté humaine qui puissent empêcher la conclusion qu'elles comportent. La logique est inexorable et ne pardonne à personne.

Fasse le ciel que de telles prévisions ne se réalisent pas ! Et s'il y a quelqu'un qui souhaite avoir tort, c'est certainement l'auteur de cette étude.

TABLE DES MATIÈRES

CONTENUES DANS LE VOLUME

——

4460 Toulon. — Imp. Michel Massone.

4460   Toulon. Imp. Massone, boul. de Strasbourg, 56.